本色文丛·于晓明　主编

# 行旅纪闻

凌鼎年／著

海天出版社（中国·深圳）

图书在版编目（CIP）数据

行旅纪闻 / 凌鼎年著. — 深圳 : 海天出版社,
2014.11
　（本色文丛）
　ISBN 978-7-5507-1044-3

　Ⅰ.①行… Ⅱ.①凌… Ⅲ.①日记—作品集—中国—
当代 Ⅳ.①I267.5

中国版本图书馆CIP数据核字(2014)第071624号

# 行旅纪闻
### XINGLV JIWEN

深圳出版发行集团
海天出版社

出 品 人　陈新亮
策划编辑　于志斌
责任编辑　陈 嫣
责任技编　蔡梅琴
装帧设计　王 璇
书名题签　嵇贾孜

出版发行　海天出版社
地　　址　深圳市彩田南路海天综合大厦（518033）
网　　址　www.htph.com.cn
订购电话　0755-83460293（批发）　83460397（邮购）
设计制作　深圳市龙墨文化传播有限公司（0755-83461000）
印　　刷　深圳市新联美术印刷有限公司
开　　本　787mm×1092mm　1/32
印　　张　6.125
字　　数　115千
版　　次　2014年11月第1版
印　　次　2014年11月第1次
定　　价　35.00元

　　凌鼎年，中国作协会员，世界华文微型小说研究会秘书长，中国小小说名家沙龙副会长，美国纽约商务出版社特聘副总编，香港《华人月刊》《澳门文艺》特聘副总编，美国"汪曾祺世界华文小说奖"终评委，香港"世界中学生华文微型小说大赛"总顾问、终审评委，蒲松龄文学奖（微型小说）评委会副主任，首届全国高校文学作品征文小说终评委；在《人民文学》《香港文学》等海内外报刊发表过3000多篇作品，800多万字，出版过36本集子，主编过100多本集子。作品译成多国文字，曾获世界华文微型小说大赛最高奖、冰心儿童图书奖、紫金山文学奖、吴承恩文学奖；在以色列获第32届世界诗人大会主席奖，被上海世博会联合国馆UNITAR周论坛组委会授予"世界华文微型小说创新发展领军人物金奖"、被全美中国作家联谊会授予"世界华文微型小说大师"奖。

# 前　言

　　辞旧迎新之际，我在电脑前敲打着键盘，为的是把《行旅纪闻》电子版整理出来。

　　2012年第三季度时，收到过北京于晓明的电子邮件，说要主编一套日记丛书，希望我加盟。我很想参与，但那段时间我忙得恨不能生出三头六臂，哪有时间编书稿。10月底我去参加江苏连云港的西游记文化学术研讨会，去镇江参加中国微型小说学会主办的第十届微型小说年度评选颁奖大会；11月飞湖南常德参加"小小说论坛"，去河南巩义参加中国小小说名家沙龙主席团会议与侯发山作品研讨会，又飞深圳，再去东莞参加"全国民间读书会"，未结束就飞杭州参加"天翼阅读""腾飞计划"启动仪式与天翼阅读基地挂牌仪式；12月上旬去上海参加第九届世界华文微型小说研讨会，基本上都在外地，即便回家几天，当地的活动也不断。而外出后，回来要处理的电子邮件、信件等一大堆，光处理这些就够我忙的了。年底时，于晓明再次发来征稿启事，邀我参与，这时我终于有时间坐到电脑前写我喜欢的文字了。

　　我从小学三年级开始写日记，记日记的时间超过半个世纪了，不要说出一本日记，就是出版几本也应该没有问题，但我的日记大都是流水账，没有可读性，谁要看？再说也没有电子版。我查了我的电脑库存，只有近5万字的电子版日记，有《日记报》的约稿，有出《日记闲话》的约稿，还有就是去年去泰国回来后写的《泰国六日日记》，在泰国《新中原报》连载的。

我知道，我的日记唯有外出时记得有点可读性，因为到了一个陌生的地方，有新鲜感，我又是个走到哪儿写到哪儿的主，日记记得详尽点，无非为了回来写游记方便些。特别是出国，我有时把日记捏手里，走到哪儿记到哪儿，虽然潦潦草草，但还算详细。

前几年，我一般旅行后，回来就能写点观感，譬如2002年去台湾后回来写了30来篇，去美国后回来也写了近30篇游记类文章。不过近几年事情越来越多，等一回来，立马要处理的事不是一件两件，等忙罢，出去时对那些别有风味的自然景观、人文景观的激情已淡了，写的热情就降了，一拖一拖就可能永远不会去写了。但我去新西兰、澳大利亚时，有很多感慨，从内心来说很想写，因为没有时间写，成了我一个心结，总想把这笔欠账还了。这次于晓明的约稿，给了我动力，我下决心放下手头所有的事，把新西兰、澳大利亚日记整理出电子版。

我先整理出以色列日记，因为去以色列是9月份，似乎还在眼前，一切都回忆得起来，可说还历历在目，对照着日记，无非加加工，润润色，写得更通顺些、更详尽些而已。

再翻出新西兰日记，新西兰日记是两年前记的，我发现我那段时间的日记不但字迹潦草，还有些前后不连贯，记了不少我当时听到、看到的，因记得简单，三言两语，一鳞半爪的，现仅凭几个字、几句话，有些已无法确切回忆，无法完整了，只好忍痛删去某些文字。

新西兰日记整理出两万来字，每天整理五千字，竟然跨了年。因元月3日开"两代会"，停了三天。政协会议结束后，我接着整理《澳大利亚日记》。按我每天五千字的整理速度，元月上旬交书稿是一点问题都没有的，但哪想到又冒出一本散文集的约稿，是一套《当代名家名作选丛书》，催得很急，说3月份要出版的，我只好先放下日记的整理，把散文集的书稿突击编好，发掉。好在于晓明要求我元月底交书稿，来得及。

本来我还想把2011年第二次去美国的日记也整理出来，那次去了哈佛大学、耶鲁大学、雪城大学、李昌钰刑侦学院等五所大学，还在耶鲁大学等捐书，在哈佛大学燕京图书馆讲课，在纽约开新闻发布会等，有很多内容的，但一看书稿已12万字了，到了《本色丛书》每本10~12万字的顶限了，就交稿吧。

在弄目录时，打头稿定的是《地震日记》，1986年在微山湖畔煤矿那阵子写的，躲在防震棚里记的，记在一本练习本上，估计有两三万字。我前几年搬办公室时，翻到过，后来不知放哪了，找了一阵，没有找见，也就算了，反正书稿字数够了。以后如果有机会再出日记集子一定整理出来，收录进去。

　　我出的集子已有 30 多本了，有中篇小说集、短篇小说集、微型小说集、散文集、随笔集、评论集、诗歌集、文史集，出版日记集还是第一次，增加一个出书新品种毕竟是开心的事。不管以后有没有机会再出日记集，我写日记不会停，因为这已成了我的习惯，成了我生活的一部分。

　　　　　　2013 年元月 25 日于太仓先飞斋

# 目录 Contents

# 福州日记

## 2001年5月15日 星期二，天气晴

明天要出门，有好多事今天要处理好，时间还蛮紧张的呢。

10:00泰州的作家生晓清来访。他目前是泰州市文化局的专业作家，又办了个华夏文化发展有限公司，多了个总经理头衔。

在我国的小小说作家中，他怎么排，都应该在前8名内的，只是近两年他小小说写得少了，但他点子多，办了个《小小说大王》，学郑渊洁的《童话大王》，全是登他一个人的作品，美中不足的全是他过去的旧作，新作似乎一篇没有。据他讲《小小说大王》发行量在16万册，也不知是真是假。

他是去上海路过太仓来看看我的。自1995年在北京召开"首届中国当代小小说作家作品研讨会"后，已有6年没见面了。中午我与太仓市文联的名誉主席、老作家陆泰陪他去吃了顿饭。我俩一直聊到15:30，无非是聊些小小说文坛的事。15:30市民进总支要召开扩大会议，我只能送生晓清走了。

5月18日民进太仓总支要换届，今天这会是内部通报总支人事安排，他们要我负责宣传工作。因我要去福州不能参加18日的换届会议了，所以我提前在今天的《太仓日报》上发了篇《建言献策履天职——中国民主促进会太仓总支工作巡礼》的通讯，约3500字。

17:00民进总支会结束，我赶快打电话联系车子，看看是否落实了。因为晚上7:00市文协与驻太高炮团联合举办"梁延

峰、杨鸿臣诗歌朗诵会"，我是市文学协会理事长，活动又是我策划的，我自然有责任的。

谢天谢地，文友们都很给我面子，19:00不到，人已到了20多位，来了两部小车、两部中巴。加上沙溪文协一辆中巴到会8人，我们共去了30多人。部队则组织了20来位战士参加。

高炮团在陆渡镇，任团长与军旅诗人梁延峰已在军营门口等我们了。电视台、电台、报社的都已经到了，我也放心了。

朗诵主要由市电台的几位播音员上台，都是获过朗诵奖、演讲奖的专业人才，所以一配乐后，效果很不错。

我还特地关照姚国红把他漂亮的女儿带来，让她去给梁延峰、杨鸿臣两位诗人献花，两捧花是我特地订好的。

诗朗诵结束回到家已10点多了，打开电视机，中央电视台3频道正在播放电视散文《对院的女孩》，呀，这不是沙溪《青藤架》主编顾礼俭的作品吗？刚才他还朗诵了杨鸿臣的两首诗，并被评为朗诵得感情最到位的。我连忙打电话到他家，可惜他还没到家。

收广东湛江师范学院学生侯永武的学士毕业论文《浅谈凌鼎年微型小说的审美特征》，约15000字。他分"人物的扁平美"、"情节的荒诞美"、"深沉的意蕴美"、"环境的洗练美"、"形式的多样美"等五个部分写的，我没空细看，粗粗翻了一下，看来这位本科大学生读了我不少作品，包括我网上的作品都读了，是个有心人。

收新加坡作家希尼尔寄赠的集子《轻信莫疑》。

收香港著名诗人蓝海文信、名片，还有一份《香港诗刊》2001年第2期的稿酬通知单，我的一篇诗评《民族的、世界的》发了，1800元港币稿费。

收《上海星期三报》编辑吴建民信、名片，附来样报，发了篇人物写真《猫王》。

收《中华作家文丛》征稿启事。

收《当代杰出共产党人》入选邀请函，滑稽，我是民主党派人士，非中共党员，信竟然寄到我这儿，看来是以盈利为目的的。

## 2001年5月16日　星期三，天气晴

一早给广东湛江师范学院的侯永武打了个电话，告知他的毕业论文已收到，并表示了我的谢意。侯永武既是我的读者，也是我作品的研究者，我与之从未谋面，是一种很纯的读者与作者之间的关系。

乘 10: 30 汽车去上海，13: 10 的 163 次火车去福州。

走前曾收到复旦大学中文系葛乃福教授信，说他也去福州开会，在 5 号车厢。开车后我去找他，虽头一次见面，但一见就熟了。因为我是上海女婿，半个上海人，他祖籍江苏江都，与我乃广义上的同乡。不一会，上海华东师大中文系的钱虹副教授也找来了。她也去福州开会，与我同一车厢。我在海外的报刊上曾多次读到过钱虹论港台文学作品的文章，所以并没有陌生感。

我看了钱虹的名片，博士、副教授，还是中国世界华文文学学会的筹委、华东师大海外联谊会港澳台部副主任，钱虹很活跃，香港已去过多回，是新一代研究海外华文文学的中坚之一。她的研究方法，以及论文结构方法，与葛乃福教授有明显不同。

## 2001年5月17日　星期四，天气雨

10: 30 车抵福州，有人接站。

下榻华侨大厦，我与葛乃福教授住一室，608 房间。

葛乃福教授告诉我，他曾编过微型小说集，我想起来了，

台湾台北师范学院语文系的张春荣教授给我寄来的一捆书中，就有一本葛乃福编的《中国大陆微型小说选》，我原来以为这集子是台湾学者编的，哪知是葛教授编的，我们两人有缘哩。

今天是报到日。菲律宾作家在菲华作协会长吴新钿博士率领下，来了19人。我熟识的与会者有香港的孙重贵，还有潘亚暾、古远清、刘登翰、喻大翔、王列耀、徐学等诸位教授。

我这次来福州的另外一个重要任务是会中套会，开一个世界华文微型小说研究会第二次筹委会。年初时，新加坡作协前任会长黄孟文博士来信告知：去年在吉隆坡会议期间策划的世界华文微型小说研究会已获新加坡当局批准注册，但新加坡方面对研究会的主要领导的身份要查核，理事班子的人数也有规定，这与我们第一次筹委会上商量的有些不符，所以我们筹委会必须在成立大会前再次协商解决。因为筹委会涉及10个国家与地区，要召集这些人开个会不容易，费用问题不去说他，这涉外的会议，在中国开要报批到文化部，手续极为麻烦，还不是一天两天能批下来的。我是搞外事工作的，我清楚这事的复杂性。

也是巧，正好我收到《台湾文学选刊》主编杨际岚寄来的会议邀请信，5月份要在福州召开"菲律宾华文文学研讨会"，我想这次会议吴新钿肯定要来，而世界华文微型小说研究会成立大会正准备放菲律宾开，如果利用这次国际学术研讨会之机，我们几个筹委碰一下头，就省去了许多麻烦事。

我与杨际岚是老朋友，我就写信与他商量，杨际岚一口答应，但他说还须征求吴新钿意见，我又写信给吴新钿会长，没想到他也认为是个好主意，并同意增加几个名额。我把这意思用Email发给了新加坡黄孟文，他也极力赞成。

中国方面增加了江曾培、凌焕新、刘海涛三人，海外增加了日本的渡边晴夫，澳洲的心水，泰国的司马攻，马来西亚的朵拉，文莱的一凡等，都是筹委。可惜江曾培临时有接待任务，没能来；渡边晴夫教授刚被任命为国学院大学的系主任，脱身不开。司马攻则请郑若瑟作为他代表出席。原因是他老母亲不准他出国，老人家认为70岁是个坎，在生日前不宜远行。司马攻是孝子，只能听从母命。

凌焕新教授与刘海涛教授住622房间，晚上我去他们房间，把我的一些设想与他们通了通气。

送马来西亚朵拉《凌鼎年选评》与顾建新副教授的《微型小说学》。朵拉回赠《偶遇的相知》《脱色爱情》《魅力香水》三本集子。送泰国郑若瑟《凌鼎年选评》与《微型小说学》。郑先生说不知我会来，所以给我的集子已另寄了。我还托曾先生给泰国的司马攻与马凡各送一本我的赠书。

送文莱王昭英（一凡）《凌鼎年选评》与《微型小说学》。

送葛乃福教授《凌鼎年选评》，请他批评指正。

## 2001年5月18日　星期五，天气阴

开幕前，菲律宾吴新钿夫人林秀心送来几张菲律宾的《联合日报》，原来2001年4月28日发了我的《微型武侠，一种文体新尝试》与《高品位，厚功底——读顾晓宁新著〈花影月梦〉》；4月29日则发了《最高境界》与《伟哥广告》两篇小小说，另有一张2000年1月14日的《世界日报》发了《柳易冰：一个为诗而活着的精神贵族》。

8:30在华侨大厦8楼会议室召开"菲律宾华文文学研讨会"开幕式，这次会议由菲律宾华文作协、福建省台港澳暨海外华文文学研究会主办。在主席台就座的有著名散文家郭风，著名诗人舒婷，著名评论家孙绍振、南帆、刘登翰，省作协主席陈章武，副主席季仲，还有中国侨联副主席李欲晞与福建省人大、省

政协的领导。开幕式由菲华作协副主席江一涯与福建省台港澳暨海外华文文学研究会副会长杨际岚主持。由会长刘登翰致开幕词，由菲华作协会长吴新钿献词，再由中国侨联副主席李欲晞致词。杨际岚宣读了中国写作学会、中国微型小说学会、国际儒商学会、国际老作家协会等多家学术团体的贺电贺信。

简短的开幕式结束后，下楼拍集体照。各与会代表也抓紧时间拍照留念。我与陈辽、孙绍振、曹惠民、凌焕新、刘海涛等教授合了影。

10:20 第一场研讨开始，由吴新钿主持，季仲评讲，第一个发表论文的是菲律宾的蔡沧江，依次是王列耀、林婷婷，菲律宾柯清淡的发言超时了，刘登翰谈了文化传承问题，简单扼要，只3分钟。

14:30~16:10 是第二场研讨；16:30~18:00 是第三场研讨，第二场偏重菲华文学在东南亚国家文学史上的定位，第三场主要围绕抗战时期的菲华文学。

下午的发言，印象较深的是潘亚暾教授的直言不讳，他素有潘大炮之称，是个敢说话的人。吴奕锜因写过《菲律宾华文文学史稿》，所以菲华作家特别向他致谢。

收《菲华文学》（六），收《菲华文艺选集》（第三辑）；收潘亚暾的集子《三打诗人》，三打之"打"，量词也，即36位诗人。收菲律宾明彻的集子《春天的梦》。

收到赠书的，我都回赠了我的集子。其中吴奕锜教授曾寄赠我一本《菲律宾华文文学史稿》签名本，这次我特意去他房间道谢，并回赠了我的集子。

**2001年5月19日　星期六，天气雨**

早上吃自助餐时，见到了新加坡的黄孟文，因为班机问题，他昨晚半夜才到。他到了我就放心了。如果他不到，我策划的会中会就会流产。

上午两场研讨，下午亦两场研讨。

陈辽、凌焕新、曹惠民教授都来自江苏，他们发言时，我负责给他们拍照。我是 16:30~18:00 的第七场研讨时发言，这一场集中谈菲华的小说创作，我谈的是《初露曙色的菲华微型小说》，我没有照本宣读，谈了几个观点。到发言 10 分钟时，主持人林婷婷传了张纸条给我，上写还剩下两分钟，我连忙在 11 分钟时打住。

因晚上有活动，我就一一关照黄孟文等筹委吃罢饭后到 622 房间开个小会。参加者除我以外，还有中国的凌焕新教授、刘海涛教授、新加坡黄孟文博士、菲律宾吴新钿博士、马来西亚朵拉女士、泰国郑若瑟、文莱的一凡等 6 个国家的 8 位筹委。先由黄孟文通报了注册的经过，因新加坡对社团有一套严格的管理制度，对学会领导班子的职位设置、人数都有限制，这与我们第一次在吉隆坡协商时有些出入。为了入乡随俗，我们按新加坡的要求，商量了一个避免矛盾的办法，即增加几名顾问与增加一些受邀理事，这样方方面面可能就摆平了，有利学会将来开展活动。

会上还明确了世界华文微型小说研究会成立大会放在第四届华文微型小说研讨会时同时进行，初定 12 月份，菲律宾吴新钿会长说，争取把总统请到成立大会上。如果能请到，那世界华文微型小说研究会一定会成为许多媒体关注的事件。

因下午还要参加研讨，我们的会中会只能匆匆结束。

第六场研讨会结束休息时，复旦葛乃福教授见著名作家郭风坐在最后一排，就请他一起照个相，满头白发的郭老很随和地答应了。我给葛乃福与郭风拍了一张，葛乃福也为我与郭老拍了一张。

南师大的凌焕新教授兼着《现代写作报》的主编职务，他忙里偷闲，请著名诗人舒婷到会场隔壁的一间小会议室为他的报纸题词，凌教授叫我拍张照，以便报上用。我也请凌教授为我与舒婷拍了一张合影。

潘亚暾教授给了我一份"世界华文文学学会"的表格，要我参加，他说会费自愿交。我填好表格交给他，附了100元会费。潘教授还开了张收条给我。

晚上，《海峡》杂志与《台港文学选刊》在离华侨大厦不远的三和茶坊举办恳谈会，我们这些中午开会的筹委都去了，共有30多人参加，不少教授、学者认为《海峡》发小长篇使得版面沉闷，建议发些短的，办得活跃些。黄孟文问："发不发微型小说？"主编叶恩忠说："以前没发过，以后可以考虑。"潘亚暾教授说："要组小小说，只要找凌鼎年就可以了。"我当即表示可以帮《海峡》组些小小说名家的稿。

23∶00 恳谈会结束，回到饭店。

# 博客日记两则

2006年2月16日　星期四，天气晴

昨天上午接到一个电话，一听那异于中国内地人的声音，我猜测，不是中国台湾的就是东南亚国家的，他报了名字，可能因为陌生，我没反应过来。他听出我有些迟疑，随即补了一句：我是海飞丽出版公司的。"海飞丽"三字唤醒了我的记忆，我立马想起来了，是那位中国台湾出版社的编辑李定陆。

印象中，在上世纪90年代中期，我与他曾为出版集子的事有过通信联系，那时，他是海飞丽出版公司的图书出版部主任。但不知为什么，他后来突然没了音讯。2002年5月我去台湾访问时，还打过电话到他家里找他，但电话早变了，没能联系上。

没想到相隔十年多，他突然又冒了出来，而且还到了上海。他知我还记得他，很是兴奋。他首先向我表示歉意，说出书的事没能帮上忙，他又解释说，当时因想自己发展，辞职离开了海飞丽出版公司，这样出书的事也就搁浅了。

我问他这次来大陆有何打算。他告诉我：经过多年打拼，他开了自己的出版社，这次来上海、南京等地想考察一下大陆的出版市场。本来我想到上海去看望他的，反正我儿子在上海电视台工作，上海也有住房。但李定陆坚持说他来太仓拜会我，他说得很真诚。所谓恭敬不如从命，我就说那我在太仓恭候你。

他问我上海出版界有何朋友？说是想与大陆同行接触接触。

我说上海文艺出版社、上海人民出版社我都熟，都有我朋友。我报了几位编辑朋友的名字。

他一听上海文艺出版社总编郏宗培是我 20 多年的朋友，大感兴趣，说要去拜会他。我就把上海文艺出版社的地址与郏宗培的电话、手机告诉了他。

末了他说：今晚我赶到太仓！

大约 17：45 的时候，他打来电话，说刚乘上到太仓的汽车，叫我别等他吃晚饭了。

我怎么能不等他呢。19：30 左右，他又来电话，说已到太仓车站。我叫他打的直接到太仓娄东宾馆，我在宾馆大堂等他。

虽然我俩没见过面，但他一进宾馆大堂，我就猜测这位大腹便便的中年人应该就是来自台湾的李定陆。而他更直爽，冲着我就说："你就是凌鼎年先生吧。"随即他给了我名片，原来他已是台湾有恒堂书屋的总编。

我给他安排好住宿后，他连忙打开旅行箱，取出了几封信说："你当年寄我的信我都保存着，都带来了。"这多少使我有点感动，这李定陆是个有心人。他又拿出两本书让我欣赏，说送给我。我说先吃晚饭，祭了五脏庙再聊。

我因长期坐办公室，饭量很小，菜肴又偏清淡。如果我一个人吃，三菜一汤就足够了。因招待宝岛朋友，我特地多点了几个菜，我原以为会吃剩下，我怕台湾来的李先生说浪费。因为我 2002 年去台湾时，有次台北五星级宾馆的远东国际大酒店餐饮部经理陪我们吃饭，她吃剩下的半碗炒面，还请手下打包。回来后，我写过一篇《打包的震动》，这事我记忆犹新。不知是否太仓的菜肴特配李先生的胃口，他胃口出奇的好，我连忙再加了两个菜。那顿晚饭，他只喝了一瓶酒，可能也没尽兴。我这人不喝酒，酒宴上我一向低调，加之光顾了说话，也没和他对饮，不知他会不会认为我招待不周。

　　回到宾馆后，他告诉我他除了搞出版外，还喜欢摄影，并有点神秘地叫我给他的集子提提意见。我翻开一看，原来是他拍的裸体、半裸体的照片，每幅照片还配一首诗，装帧、印刷都很精美。

　　他见我一点没有大惊小怪，他倒有点奇怪了。我告诉他，大陆这几年开放多了，像人体摄影艺术集子，各大新华书店都有出售，早见怪不怪了。

　　他一听似乎又失望又受鼓舞，问我像他这水平能否参加中国摄影家协会。

　　我说我知道香港、台湾有作家参加中国作家协会的，但摄影方面我不是圈内人，不清楚，但可打听打听。

　　他又问我这书在大陆能出版吗？我很坦率地告诉他，估计不行。为什么呢？因为他这书有人体摄影还有诗歌，不属纯摄影作品、纯人体艺术。文艺作品中有露三点的照片，肯定出版不了。他觉得很是遗憾。

　　我送了一本2005年出版的微型小说集子《过过儿时之瘾》。到底是行家，他一上手就说："轻质纸、封面凹凸版，大陆现在的出版物越来越漂亮了。"

　　我问他，像大陆的微型小说现在能否在台湾出版呢？

　　他倒也快人快语，说可以，但必须有卖点。

　　他给了我几个选题，叫我组稿。

　　我一听，都是婚外恋、中学生早恋、一夜情、办公室恋情等等，我傻眼了。我只好老老实实说：要我主编这类题材的微型小说恐怕有难度。

　　他对我说，你先网上发几篇让我看看。

　　我至今犹豫着，没敢组稿。

**2006年2月17日　星期五，天气晴**

昨晚我与李定陆先生聊到 11 点多才回家。

李先生对大陆的改革开放、经济腾飞十分赞赏。他说台湾市场太小太小，而大陆市场太大太大。他说他很想在大陆注册一家出版公司，把生意做到大陆来。他设想，以后有好的选题，可以大陆、台湾、香港同时出版，必能赚钱。

我不得不泼他冷水。我告诉他：目前大陆上还没有严格意义上的私人出版社，那些所谓的民营出版社，也都挂靠一个过硬的大单位。至于海外来大陆办出版社，好像还没开放。这使得他很失望。我说也许过不了五年十年就放开了。他说，如果大陆放开出版市场，他一定第一批来大陆淘金。

按计划他今天要赶到南京，他还想去南京书店转转，并去接触接触江苏出版界的同仁，他又要我介绍几位。正好前几天江苏文艺出版社总编黄小初为了出版我侄子凌君洋的一部长篇小说，刚来过太仓。于是我把黄总介绍给了李定陆，又把江苏人民出版社的一位资深编辑汪振华介绍了给他。但愿他们各有收获。

李先生说要赶 8：05 的早班车去南京。我跟李先生说好早上 7：30 来陪他吃早饭，昨晚临走时，我还特地到总台叫他们 7：00 时叫早。

我 7：15 就去了，可能台湾人有夜生活的习惯，7：00 起床难为他了。我敲门后，一直等到 7：50 他才洗漱完毕。在宾馆喝早茶是来不及了，只好匆匆赶到车站，还好，还有一班 8：45 去南京的车。陪他在车站吃了早点，把他送上车。上车时，他挥手对我说：以后 Email 联系。

回到办公室，《太仓日报》的高记者已等好了，他说上海公安局有位处长要出一本集子，要我写个序。我想这几年我虽然写过 110 多个序，写倒是不怕，只是我写序必须先看手稿，一部书稿至少一二十万字，我是没时间看手稿，再说眼睛也受不了。但朋友找到门上，能推吗，推了不有拿架子之嫌吗？我只好说只要不急，应该没问题。因为我除了双休日、节假日，平时不写文学作品的，这习惯也养成多年。再说平时社会活动多，就算想写恐怕也没时间。

高记者还没走，玄恭书画社的朋友来电话催我了，要我去参加太仓市楹联学会的筹备会议。车子已停在办公楼下面，我就匆匆去了。去了才知道，参加会议的有原太仓政协主席张祖勤、原南京艺术学院的副院长、著名书法家郁宏达、太仓市诗词协会新任会长陆震绅、太仓市原博物馆馆长吴聿明，还有玄恭书画社社长胡永平与画家汤礼平等十来个人。

牵头人把设想说了一下，原来他们打算挂靠在上海楹联学会下，作为分会。这方案当即被否定，因为跨地区的群团很难批准，活动也不方便。商量下来，干脆成立独立法人的"太仓市楹联研究会"。那些老先生对我很是厚爱，要我出任第一副会长。我说不行。我原打算当个理事，敲敲边鼓算了。我说我写楹联是偶然为之，比不得陆震绅会长他们有专门研究，还是把我放后面点吧。

我还提出请太仓籍书画家崔护老先生出任名誉会长。因为崔护是我国的楹联大家，即便放在全国的平台上，他都是数得上的行家里手。而且老先生生性淡泊，人品极好。记得前年我带太仓博物馆征集科的同志去他家拜访，他后来捐赠了不少他的字、画、书信、奖状等珍贵的史料。后来还托人给我送来了他专门为我书写的对联，使我很是感动。

筹备会采纳了我的提议，一致同意聘请崔护老先生出任名誉会长。

　　会上还商量了研究会挂牌地点、经费来源，如何向市民政局打报告等一系列具体问题。

　　筹备会上还通过了聘请市委副书记孙耀明、原市政协主席张祖勤，以及上海、南京、苏州的几位楹联专家为顾问的动议。

　　我是以写小说、随笔为主的作家，诗歌已多年不写了。楹联、挽联仅仅应约写几副，写不好，但内心颇喜欢，因为这也算是国粹吧。再说，写楹联与我写小小说其实并不矛盾。那篇颇受好评，多次获奖，多次收录进各种选集的《了悟禅师》，其创作灵感当初就是来自福州鼓山寺庙的一副山门楹联。

　　人生处处是学问，就看你留意不留意。懂得越多，知识面越宽，下笔就越活，所谓"下笔如有神"。

# 赴文莱日记

**2006年10月26日　星期四，天气晴**

  第六届世界华文微型小说研讨会在文莱首都斯里巴加湾召开。我是 10 月 26 日中午 12: 50 的飞机。听说去上海浦东机场的路很堵，我早早动身，10 点稍过就到了浦东国际机场。

  德国的女作家谭绿屏先从汉堡到老家南京，再从南京到上海飞文莱，她委托我代买机票，这样我得在机场等她，把票给她。可她没手机，联系不上，也不知她到上海了没有。俗话说等人心焦，我只希望她早早到达。谢天谢地，11: 30 左右她总算到了，我们赶快去换登机牌，去托运行李。

  托运行李时，我担心的事发生了，机场负责托运行李的小姐说我准备随身带的那滑轮包体积嫌大了点，要托运，并问我带的是什么。我老老实实说：是书。她一听是书，要我两件行李一起过磅，结果超重 28 公斤，她说你带的东西太多太重了。我想我是去参加文学性国际学术研讨会，秀才人情一张纸，以文会友，全靠互相赠书，带不出去那可不行。幸好这样的情况我碰到已不是一次两次，知道有变通办法，我连忙说：我们两个人呢。我把谭绿屏的行李搬上去一起过磅，没想到还是超了 12 公斤。我就跟她商量，我说那滑轮包我随身带，带得进带，带不进我自己处理。好说歹说，竟把那小姐说动了，没罚我超重费，让我换了登机牌与行李票。

  进关时我突然发现，查得好严，那些比我小的包都在过地秤。我退在一边，把滑轮包里的书分出一部分放到谭绿屏包里，以减轻我滑轮包分量，但带书就像带砖头，分量重着呢。按规定要求，我百分之一百超重，我想罚就罚吧，这些书我可已签好名盖好章，扔掉怎么舍得。牙一咬，我拖着滑轮包，大大方方地往里走，那检查的，不知正忙于检查前面一位旅客行李，还是他见我头发稀疏，有几分"儒雅"相，或者是见我拉得轻轻松松的样子，仅朝我看了一眼就让我过去了。

谭绿屏说，过安检关时，行李可能要打开，你不一定能过。我说，应该没问题。安检是找有无危险、违禁品，我带的是自己著的文学集子，怕啥。

果然不出所料，安检对超重不超重不是特别关注，我顺利过关。

因为我与谭绿屏是最后上飞机的，因此坐在最后一排。在机舱里，我意外地遇见了上海文艺出版社总编郏宗培先生。他是中国微型小说学会的常务副会长、世界华义微型小说研究会的名誉会长。他因为忙，参加不参加一直定不下来。因为世界华文微型小说研究会创会会长黄孟文博士连任两届四年了，这次执意要让贤，作为秘书长，我一直在为谁接盘发愁，郏宗培到会了，由他接盘似乎顺理成章。

大约 17：30 飞机到了文莱首都斯里巴加湾机场。出关时，海关工作人员拦住我，不让我出关。后来，过来一个会讲汉语的，指指别的旅客手里的一张盖有文莱官方印章的纸，问我有没有。我见也没见过，当然说没有。他说没那纸，不能进关。我的签证是委托北京的朋友办的，难道漏了一道什么手续？不一会儿，海关只剩下我一个人了，我有点急了，也有点生气。我指指护照说，我到美国也没你们这复杂。他听说我去过美国，就翻起了我的护照，一翻，翻到文莱驻中国大使馆的签证，他连忙说，可以进了，可以进了。这时我才恍然明白，那是其他旅客办的签证证明；而那移民局工作人员未细看我的护照，以为我没办签证手续，一场误会而已。

出了关，我赶紧去取行李，那运行李的皮带已停，只在一旁有两只箱子，我把箱子搬上行李车后，正想走，突然觉得仅剩的那一只行李有些眼熟，好像是谭绿屏的箱子呀，我仔细辨认了一下，从那根彩色的箱带确定是她的，就帮她也搬上了行李车。取好行李，文莱华文作协的大概见我迟迟不出来，就进来接我了，经他与海关的一说，行李没检查就出来了。

机场大厅，文莱华文作协主席孙德安、秘书长海庭、文莱女作家王昭英与她先生刘华源等都来了，大伙儿还一起合影留念呢。

拍好照，我问谭绿屏，你的行李呢？她这才想起行李没拿，一下子急了。我故意逗她，说这下麻烦了，你得再出一次国，才能取到行李。其他人一听，也认为麻烦大了。等她心急慌忙要去取行李时，我才告诉她，已代她把行李带出关了。

斯里巴加湾位于热带岛国，估计温度在 32~33 度之间，文莱人都穿着短袖、T 恤等。

我们下榻在离机场不算太远的泓景饭店。一路上都是热带树木与花卉，郁郁葱葱。这是华人开的一个饭店，服务员中有一两位会华语的，这方便了许多。

我住 422 房间，是带套间的，一大一小两只床，其他人住的都是标房，有人说因为我是秘书长，特地安排了个最好的房间。

放下行李后，东道主带我们去另一个饭店用餐。碰到了已先到达的韩英、张记书，还有来自香港的作家阿兆、陈葒等。阿兆与陈葒在香港举办过四届中学生微型小说大奖赛，第五届想搞大些，找我商量，想搞一次世界性的征文，我与阿兆在 Email 上已来来回回磋商多回了，他们这次来，也是想当面敲定，再在会上宣传一下。

晚上我约了郑宗培一起去 518 房间，与阿兆、陈莛再商量一下。商量下来，决定世界性的成人组微型小说比赛暂时不搞，单搞中学生的比赛。我建议干脆举办"世界中学生华文微型小说大奖赛"。接下来又就聘请顾问、评委等事进行了磋商。

睡到床上已后半夜了。进房间才发现小床上已睡了一个人，原来是福建海峡文艺出版社的资深编审林承璜。老朋友了，只是让他睡小床，让我很过意不去。

## 2006年10月27日　星期五，天气晴

早餐在我们住的泓景饭店二楼，是自助餐，也叫早茶。其实我也无心吃早点，看到熟人赶快打招呼。有不少是昨晚到的，我连忙回到房间带了些书来，一一分送给各国的朋友，同时也收到了好多本赠书。

上午报到，大会没其他安排。文莱的女作家王昭英与其先生刘华源要我们 8:00 在大厅等他们，刘华源开了一辆小车来，他女婿开了一辆面包车来。带上了我与福建的林承璜、澳大利亚的心水、婉冰夫妇、新西兰的林爽、印尼的林万里及袁霓、德国的谭绿屏等 8 位，说是带我们去转转。

先到了文莱河边，这大概是文莱的母亲河，河面宽阔，水流平稳。河对岸就是文莱著名的景观——水上人家，所谓水上人家是指建造在河床里的木结构房，据说有几百年历史了。文莱人为什么选择造水上房子，我想无非三个原因吧：一、当年他们的祖先大概主要是渔民，以水中划船活动居多，水上方便；二、文莱是个热带森林国家，住岸上要开山修路，还要防毒蛇猛兽，远不如水中建房省钱省力，还安全；三、居住水上房屋也凉快，可

避暑热，特别是早晚，更凉爽。当然这是我推论，不一定正确。

水上人家连成一片，倒也壮观，只是万一失火，那就救也太难，尽管房子底下有的是水，但木结构房不经烧，碰到风大，那更是眨眼的功夫水上人家就成灰烬。我问了当地人，烧了不止一次了。

我发现水上人家在河对面，对面上岸就是山坡，万一有人袭击，可立刻退到山上，不知是否为选址于此的理由之一。我还注意到我们这边，河边停了不少小车，一问，竟都是那些水上人家子弟的。那些车主回家须把车停河边，然后乘快艇过河回家。乘一次是 1 文莱元，大约合人民币 5 元左右，乘这种摆渡艇与我们打的相似，姑且叫它"艇的"吧。

刘华源还告诉我们：水上人家的家里如今已电气化了，冰箱、彩电等等一应俱全，虽如此，吃喝拉撒，总不如岸上方便，但他们祖祖辈辈习惯了，舍不得放弃祖上的老屋，于是，百年传统得以保留，也就保留了一景。

看罢水上人家，又去看了清真寺。文莱是个伊斯兰教国家，大清真寺甚为气派，那洋葱形状的大屋顶用金箔包贴着，在阳光下，金碧辉煌，令人有一种肃穆之感。

王昭英告诉我，文莱有一个奇特的规定：即所有的建筑高度都不能超过大清真寺。我环顾四周确实没有高层建筑，这样，大清真寺也就鹤立鸡群，更显得不同凡响了。

在大清寺前拍了若干张照片后，王昭英说去参观一下帝国大厦。据说是文莱的标志性建筑，是请意大利著名的建筑专家设计的。帝国大厦，好牛的名字啊。

车到近处，但见绿树环绕之中耸立着一幢高高的建筑，其高度估计有七八层楼吧，但奇怪的是外观仅两层，只在顶端加了一层，仿佛戴了只帽子。

进了大厦大门，才觉其高大，才觉其恢弘的气势。有意思的是，此建筑层里面至少三分之一是从地面到屋顶的空间，只三分之二有三个层面，每一层的层高都高得离谱，空间的利用率低而又低。这么高大的建筑不是一层层叠屋架床建上去，承重就成了一个大问题，聪明的建筑师设计了四根一直到顶的方形柱子，柱子造型极美观，白色大理石四边都有浮雕，都有鎏金纹饰，富贵之气，高傲之态，充溢整个大楼，弥漫每个角落。

据文莱作家介绍：此大厦是当时的财政部长，也即文莱的国王苏丹陛下的四弟建造的，据云花的钱是个天文数字。造此楼，不是为了实用，更不是为了赚钱，只是为了别出心裁，为了在世界建筑史上留下一座别具一格的经典之作。我想这个目的应该是达到了，因为一般国家，谁又会花巨资如此摆阔，去造一座只有欣赏效益，没有经济效益，好看不赚钱的大楼呢。

据说帝国大厦号称六星级，刚建成时，一个套房住一晚要5万美金，除了顶级富豪，即便中产阶级也不敢问津的。后来因住宿率实在太低，入不敷出，只好纡尊降贵，把普通客房降低到每晚300多美元，以便略有进账，好维持大厦日常的水电，以及管理人员、服务人员的开支。

二楼是个吃早餐、喝咖啡的地方。吃的人还不少，几乎座无虚席。我观察了一下，以欧洲人居多，看样子都是来度假的，拖家带口的占了一半多。在这儿，早餐的价钱要比中午、晚上的正餐便宜多了。有点心，有水果，有饮料，花式花样挺多。服务极是到位，服务员永远笑容满面，永远文质彬彬。

我还特地去了趟厕所，真不愧是超五星级的，厕所里都有休息的客厅，有沙发，有报刊，如果拍张照片带回去，不说穿是厕所，恐怕很少有人会猜到竟是供人方便的卫生间。

耐人寻味的是如此高档的饭店，其大厅的壁画，不是意大利风格的油画，也不是欧洲国家的名画，而是一幅描绘文莱历史场景的大型壁画。但见画面上是海边，一群土著人在迎一只高大的独木船，背景是原始森林。我对文莱的历史没有研究，但可以猜测必是文莱百年前甚至数百年前，某一部落酋长的一次什么重大活动吧。这画，与这建筑反差极大，站在这里，抚今追昔，怎不让人感慨万千。

王昭英夫妇说：今天中午去大皇宫，要排队等候，吃到饭肯定很晚了，还是先吃点吧。她还说现在早茶还未结束，价钱比中饭便宜多呢。客随主便，我们就坐下了，吃起了早饭。因为是自助餐，吃多吃少一样算的，我们就去拿了点心，倒了饮料，还取了水果。我见有两样热带水果没吃过，就各拿了一个，只是吃了仍不知道叫什么名字，大概其中一个叫莲雾，只感觉味道怪怪的。

可能今年正好是中国和文莱建交 15 周年，又恰逢文莱国王 60 岁华诞，再值举国上下共庆开斋节，因此东道主文莱华文作家协会安排已到的与会代表下午去努鲁尔·伊曼大皇宫给国王贺节。

11：30 我们赶回泓景饭店。12：00 集合出发去大皇宫，刚好新加坡的黄孟文博士一行，与日本的渡边晴夫教授、荒井茂夫教授等到了，就一起去大皇宫。不知为什么，原定 12 点开门，说是推迟到 13：30，我们只好把车开到前边的河边，找一处风景不错的地方，下来拍照等待。站在河边，大皇宫的屋顶正好成了借景，很如诗如画，于是大家争相拍照。

一到大皇宫门口，但见门口排着长长的队，以妇女孩子居多。那些妇女孩子都穿得五颜六色，我发现女性的头巾以红色、紫色居多，小男孩则戴着一种船形的黑帽，那些小男孩裤外有裙，异国风味特浓。文莱孩子大都大眼睛、长睫毛，真的很漂亮，加上他们的服饰，构成了一幅色彩斑斓之图，煞是好看。

门卫显然把我们视为贵宾，我们没有排队，车子直接开进大皇宫大门，大皇宫在一个很高的土坡上。进去后，车停在了大皇宫门前，有人引着我们进去。进去先发一号牌票，说是凭此领礼品的。排的人虽多，却秩序井然，一点不乱，穿警服的服务人员有男有女，人数众多。女警最惹人注意，她们头上围着纱巾，只露出半个脸，再戴上警帽，怎么看都觉得有意思。

最有意思的是，这马来新年的日期是根据每年观察新月定的。凡去过伊斯兰教地区，常常会看到清真寺顶端有一弯新月。文莱也按回历教规，依时按日观察新月出现以确定开斋节开始的大喜日子，今年欣逢开斋节，我们进了皇宫，见到苏丹国王陛下，难得呀！

文莱属热带国家，那天温度大约33到34度的样子。这皇宫的大厅都是敞开式的，装空调也没用，因此用了不少吊扇与立式电风扇，只是地方太大，电风扇无济于事。而我们被告知要见国王，所以各国作家特地穿了长袖、西装，戴了领带，以示庄重，结果一个个热得大汗一身。

进入用餐的大厅后，每人发一个大盘子，每经过一道菜前，你要就给，要多给多，反正装满为止。我看了一下，有牛肉、羊肉、鸡肉、土豆、虾，还有蘑菇、橄榄等。我饭量小，浅浅一盘就够了，有些当地人那一盘饭菜堆得高高的，不知怎么吃得下。除了饭菜，还有各式小点心、面包、蛋糕，以及各种饮料。我们几个在帝国大厦吃过了，不饿，只是象征性地吃了点。其实在那场合，观察这么多人吃国王的免费午餐，远比自己吃更有意思。我观察了一桌又一桌，尽管有些人吃相不雅，用手抓的也有，狼吞虎咽的，但浪费的极少，这使我大为感慨。

吃罢饭，又进另一厅，又是排队，被要求男归男一排，女归女一排。说是男的给国王贺节，女的给王后贺节。排了一会又进入一大厅，此厅中全是座位，我粗粗数了一下，一排60多座位，有30多排，至少可容纳两千人。

估计这是最后一次排队了，因为警卫人员凡看到手里有包，有照相机的，都要求交他保管，每一物件给一牌号，我的数码相机小，放在了口袋里，想在与国王握手时拍张照。

到了那里，我终于闹明白了，开斋节庆祝长达一月，今天是皇宫开放给老百姓的三天中的最后一天。在这三天，文莱国的臣民可以去给国王、王后贺节，国王与王后要接见来贺节的臣民，免费招待一顿午餐，每人给一份礼品。

终于轮到我们进去了，只见国王等共有七八人一排站立，其中一位还是未成年的，据说是王储，其他几位是国王的胞兄胞弟。轮到进去贺节的，就与国王和他的王兄王弟，以及王储一一握手。原想拍张照片，但警卫人员根本不让。我注意到有两架摄像机固定架着，全程录像。这房子中间用屏风隔开，另一边是臣民在给王后贺节。

国王今年60岁，留着小胡子，很是威严。据了解，苏丹陛下曾在英国皇家军队受过特殊训练，是位喝过洋墨水的军人出身的国王。还听说他两年前新娶了一位当时只24岁的马来西亚电视台的女主持人为王妃。王妃长得很漂亮，见过的人都这么说，我只见过她照片，从照片看，堪称大美人了。两人相差34岁，似乎有点悬殊，属老夫少妻，但比起杨振宁来，这又算不了什么。

握手礼结束，出宫时可凭那号牌票领一盒礼品与一张国王的照片，上有国王的签名。那饭盒子是黄色的，上有王室的徽记，饭盒里是各式小点心。

在回饭店的路上，大家议论纷纷：这国王王后在这三天中大约要接见十万臣民，即便两人分摊了，每人也要握五万次手，每天站在那儿的时间不会少于 6 小时，这才是真正的亲民啊，看来这国王、王后也不好当。

国王接见，握一下手，还有礼品赠送。如果放在封建社会，那可是大事一桩，属光宗耀祖的事，家谱上也要记一笔的。但时至 21 世纪，在我们看来，国王也是个普通人，与他握过手就握过了，最多嘛多了个聊天、吹牛的资本：我与世界首富苏丹陛下国王握过手了，如此而已。

晚上我到新加坡黄孟文博士房间，想与他商量一下世界华文微型小说研究会理事会改选事宜，正好郏宗培也在，太好不过。我提出郏宗培的名誉会长与黄孟文的会长互换，我说这是最佳方案，最后被我说动了。后来我们又对增加副会长、副秘书长，更换理事，增加受邀理事等交换了意见，达成了共识。

回到房间，又是 12 点多了。

### 2006年10月28日　星期六，天气晴

今天是第六届世界华文微型小说研讨会的开幕式，按以往经验，开会的会场外会放不少本地作家与各国作家的书，可各取所需。因为各国作家好些互相并不认识，初次见面就赠书多少有些贸然。还曾发生过有些作家怕行李超重或其他原因，拿到的赠书留在了宾馆里的情况。为了避免类似尴尬，后来海外国际学术研讨会总会在大会会场外放个大桌子，让本国与各国作家把要赠送的书放那儿，喜欢者拿之，以便书到需要者手里。

我这类国际学术研讨会参加过多次，知道这规矩，所以我早早到了会场，准备先下手为强，到晚了，有些数量少的书就拿不到了。

我一看会场门口，哇，两个大桌子已放满了书，我捷足先

登，见我没有的书一样一本，正拿得欢。有工作人员告诉我：这个桌子上的是展示书，另一个桌子上的才是赠送书，我只好悻悻然放下，到另一个桌子去拿赠书，我老实不客气，一样一本。书拿好后，我就找作者签名，因为各国作家签名本是我藏书的专题之一。

会议由文莱华文作协主席孙德安主持，文莱青年、文化、体育部部长莫哈未将军前来参加，还邀请了中国驻文莱大使馆文化参赞田琦，与亚华文艺基金会董事长林忠民先生等一起上台剪彩，但没请世界华文微型小说研究会会长黄孟文博士上台是个重大失误。

会标除了"第六届世界华文微型小说研讨会"字样，还有"庆祝中文建交15周年"、"庆祝苏丹陛下六十华诞"，并有"展翅启飞"四个大字，多少给人喧宾夺主的感觉。而且"展翅启飞"严格地说应该是"展翅起飞"，不知是中文水平有限，还是故意用"启动"两字，以表示开始的意思。

孙德安致了开幕词。又看了一段介绍文莱的录像。之后就到会场外拍照合影。

下午研讨会正式开始，有主持人，有评讲人，有计时员。凡发言者讲到12分钟时，计时员就按响铃声，以示提醒，到15分钟再次按响时，对不起，必须结束。因为要发言的各国作家还有很多，要群言堂，不能一言堂。

下午会议结束前，余下几分钟自由发言，我上去讲了美国、加拿大、日本、韩国等有教授正在翻译中国的微型小说，并引入大学教材，以及中国内地、中国香港、新加坡把微型小说选入初高中课本的情况，作为一个信息通报，以鼓士气。另外又借此机会为中国的《微型小说选刊》《小小说选刊》宣传了一下，为我担任"校园微型小说"栏目主持人的《新课程报·语文导刊》作了宣传，约了稿。我还建议请香港来的陈荭先生来讲一讲他们准备举办"世界中学生华文微型小说大奖赛"的事。

趁晚饭前那空当时间，我把特地带去的太仓江南丝竹的CD片与相关资料分别给了德国的谭绿屏，日本的渡边晴夫教授与荒井茂夫教授，请他们在当地国联系，去文化交流演出。

根据会议日程安排，只有28号晚上有空，我们决定晚上召开世界华文界微型小说研究会理事会。我是秘书长，当然得我来通知。于是我一一关照，凡到会的理事、顾问，一个不漏。会议由黄孟文和我主持，先各国理事汇报2004年在印尼召开第五届会议至今两年来的活动情况。应该说新加坡与香港地区开展活动多，收获大，前景较乐观，马来西亚、日本也不错。中国内地的情况由我汇报，毫无疑问，中国内地有关微型小说的活动与成绩是最鼓舞人心的。《微型小说鉴赏辞典》已正式出版，《新文学大系·微型小说卷》选编工作已启动，微型小说还进入了中国小说年度排行榜，另外，出书出集，征文、研讨会等接二连三，前景令人看好。

汇报之后，就换届事宜进行磋商，黄孟文表示自己已做了两届四年，要退下。我提出由中国微型小说学会常务副会长郏宗培接任，与会理事都没有意见，认为由中国内地接盘，乃顺理成章的事。经讨论，由黄孟文与江曾培出任名誉会长；决定增补香港的钟玲教授与内地的杨晓敏为顾问；增补中国微型小说学会秘书长徐如麒为副会长；《香港文学》主编陶然为副秘书长；我连任秘书长。另外增补了心水、池莲子、荒井茂夫、黄俊雄、小黑、阿兆、许均铨、一凡为理事与受邀理事。

理事会上，我把评选世界华文微型小说贡献奖一事又提了出来，得到了郏宗培与全体理事的支持，决定在2007年实施。

## 2006年10月29日　星期日，天气晴

上午继续研讨会，各位作家宣读论文。

我已在上午第二场宣读了论文《微型小说的魅力》，同一场宣读论文的还有泰国的梦凌、中国香港的东瑞、文莱的陶馨，由日本荒井茂夫教授主持，张记书评点。张记书很认真，已做过案头准备，这些论文事先都已读过，所以他的评点很到位。他具体说了些啥，我记不得了，但颇多褒语。

下午一场，由马来西亚小黑主持，我评点。我评点了日本的荒井茂夫、新加坡的伍木与中国的戴冠青、林承璜等人的发言。我认为伍木与戴冠青的论文属学院派，论文色彩浓，论点鲜明，论据充足，结论较令人信服。林承璜站在评论家立场上，以中国读者读海外微型小说的视角来评论；荒井茂夫则以外国学者研究华文的视角，各有侧重，各有特点。

15：30举行闭幕式，各国作家上台发表感言，主办方文莱华文作家协会向各国代表赠送一面小的锦旗，除了有"第六届世界华文微型小说研讨会"外，还有两个字体硕大的字"传承"，我们中国由郑宗培上台去接受锦旗。

过后，我代表世界华文微型小说研究会宣布新当选的第三届理事会名单。

孙德安宣布闭幕时，还特地郑重宣布：第七届世界华文微型小说研讨会将于2008年在上海召开！全体与会代表热烈鼓掌。

会议闭幕了，没出啥差错，大家都较轻松了。晚上聚餐，一进餐厅，只见放着一只大桌子，桌上文房四宝已备好，原来主办方知道与会者中间不乏书法家、画家，想叫他们留点墨宝。

其中有位来自印尼的作家林义彪是位出过书法集的书法家，他一见笔墨就技痒了，第一个开笔。可能他的毛笔字太漂亮

了，没人敢班门弄斧，大家推来推去，僵住了。

这时，有人把我推出来说：秘书长写，秘书长代表我们写。

再谦让，就让主办方为难了，我恭敬不如从命，略一思索，写下了"掌上风云，袖中乾坤"八个隶书大字，写好后又添了一行小字"贺第六届世界华文微型小说研讨会在文莱召开"。没想到我那一笔隶书还博得一片赞誉，还有人拍了照，录了像。

随后《星洲日报》《联合日报》《诗华日报》的记者采访了我，要我介绍一下中国微型小说的状况，这些我烂熟于胸，就如数家珍地说开了。记者还专门为我拍了照，说第二天见报要用。

当晚，已有代表陆续回国，大家相约 2008 年在上海再见面。

晚上，我整理了行李，这次我带到文莱的集子计有微型小说集《过过儿时的瘾》10 多本，中篇小说集子《野葵》60 来本，《太仓当代名人》4 本，还有其他几种书，总数大约 80 多本，赠送给了各国各地区的作家、学者。这次收到的赠书与会场门口拿到的书是 6 届会议中最少的一次，大约 50 多本吧。究其原因是文莱是个人口仅 31.5 万的小国，华人不到 4 万，出版过华文集子的寥寥可数，所以赠书就相对少了。不过，我大概仍是收获书最多的一个，虽说滑轮包里没书，但那箱子里仍满满一箱子书，多数还是签名本。

### 2006年10月30日　星期一，天气晴

同宿的林承璜一早的飞机，早早走了。韩英与张记书参加了旅游团，去看热带雨林了。我因 31 日要赶到苏州参加民进苏州市委的换届会议，就不参加旅游了。

我是晚上的飞机，整个白天还能逛逛。

文莱一位与会的杨永平先生自告奋勇说带我们去转转。约

好 8 点在大厅见，有我与德国的谭绿屏，还有中南财经学院的古远清教授与胡德才教授、广东湛江师院的刘海涛教授等 5 位。

杨永平开了一部别克商务车来，说先接我们到他家坐坐，去看看文莱中产阶级家庭的情况，了解一下文莱国民的生活状况。那求之不得，对我们这些作家来说比逛街逛商店更有意思、更有价值，我们欣然前往。

杨永平的家在一个小山的山坡上，七拐八拐开了好一阵呢，我们正好沿路赏景。文莱是个岛国，植被特别好。如果说新加坡是个花园国家，文莱就是个森林国家，到处都是热带树木。林木掩映下，有一幢幢独立的小别墅，往往带前院后院，除了家家有汽车库外，有的人家还有专门停放游艇的敞棚，文莱的生活水准可见一斑。

杨永平原来是做建材生意的，现已把生意交给儿子，自己写写诗，享受生活，颐养天年。据说他还是这次会议的赞助者之一呢。

杨永平家是一幢独立的二层建筑，约 350 平方米左右，造价在 53 万文莱元，约合人民币 300 万吧。车库里一溜停放着 6 辆车子，4 辆小车，2 辆面包车。杨永平说他膝下一男一女，一家连女婿、儿媳 6 个人，反正一人一辆车。

虽然杨永平已是第二代生活在文莱的华人，但他家中的摆设还很中国式，不少是中国的装饰与物件，有龙有凤，门口还有大件的中国瓷器花瓶等。我特地细看了他的书橱，里面有《郑和传》《唐诗 300 首》《宋词 300 首》《元曲 300 首》《康熙大帝》《影响孩子的 100 位中国人》《金庸传》《中国新总理朱镕基》等。

最令我看不懂的是厨房与客厅竟有 6 个冰箱，而且那冰箱都是特大容量的。可放不少东西，我不好意思开冰箱，不知里面放些什么。

　　家中有一女佣，我以为必是菲佣，一问才知是马来人。杨永平告诉我们：同样一个女佣，菲佣要比其他国家的女佣贵百分之三十左右，像他家的女佣每月的工资是250文莱元。

　　我们进去时，杨先生的夫人正在看电视，看的竟然是中央台，画面很清晰。我们来文莱5天还没有看到过中国的电视，没想到在杨先生家看到了，一种亲切感油然而生。我的本职工作是侨务办公室，此时此刻，我真的很感动，很激动。什么叫中国心，什么叫血浓于水？这就是啊，还有什么比这更说明问题？

　　院子很大，估计有3亩土地，种了不少花草树木，还有喷泉、流水等，看来主人为了设计、拾掇这个花园费了不少心思。房后面是山，山上密匝匝全是树。杨永平告诉我们：有时山上会下来一群猴子光顾他家，一来十几只是常有的事，这样的生态环境真正是天人合一，让人羡慕不已。

　　小坐片刻后，杨永平说带我们去看看帝国大厦，我与谭绿屏已去过，但刘海涛他们没去过，那就重游一次吧。大厦我已看过，进去后，我就去了大厦后面，大厦的后面是海边，出得大厦才知风景这边独好，怪不得帝国大厦要选址在这儿。大厦一箭之遥处是个淡水游泳池，水碧清碧清，泳池四围干净漂亮得让人怀疑这是公共场所吗？再朝外就是海水游泳池，高高的海岸堤上，有高大的椰树摇曳，有开得正艳的热带花卉，有碧绿的草坪，有吸引眼球的雕塑，有温馨的小木屋，有长长的沙滩，有躺椅，有遮阳伞，大海里可游泳，可乘快艇兜风。站在海边，我马上联想到电影里电视里见过的那些顶级富翁们的生活。徜徉在这儿，任何一个位置、一个角度都如诗如画，都可以拍照留念，设计者的匠心由此可见一斑。

　　看来，这第二次来帝国大厦没白来，见到了第一次没见到的风景。

因为古远清与胡德才是中午的飞机,我们必须要赶回去。杨永平把我们送到饭店后就送古远清、胡德才去飞机场,并说好下午两点再来陪我们。

中午,孙德安说带我们去吃正宗的马来餐,这比在宾馆吃有意思,我们高高兴兴地去了。去了才知道这是马来人开的一家自助餐馆,你喜欢吃什么,拿什么。反正我每样拿一些,印象比较深的有生的仙人掌类植物,还有一种叫不出名的有中药味的香料草,我每样尝一小块,算是吃过了。还有那些近乎透明的小点心,也不知什么做的,吃口倒还可以。

吃好饭,我们在那一条商业街上走走,结果发现超市里有中文报纸卖,正好有会议报道,我与刘海涛、谭绿屏等都有照片登在上面,就买下了,有《诗华日报》《美里日报》《联合日报》,还有《星洲日报》等。

下午两点,杨永平准时来,我与谭绿屏把行李搬上车,准备玩一圈就去机场。

杨永平先带我们去了市中心。三大特点:一、没有高层建筑;二、行人稀稀;三、几乎见不到摩托车,更不要说自行车。

文莱的建筑物最高不能超过大清真寺,大清真寺的高度相当于七八层楼,因此造在离大清真寺不远处的两幢现代建筑,因超过高度被迫拆掉了两层,可见法律法规之严。

我在文莱 5 天,只看到过一辆摩托车,好像是送外卖的,除此之外,大街上全是汽车,行人少之又少。这可能与文莱盛产石油、汽油价格便宜不无关系。

杨永平可能从聊天中知道我对历史、文物有兴趣,就带我与德国的作家兼画家谭绿屏去了文莱博物馆。

文莱博物馆建在一条公路边,外观并不怎样富丽堂皇,但面积很大,门内的大厅极为宽敞,大厅中间有一只船的模型,想来是告诉参观者文莱的昨天与船有着割不断的联系。大厅一角有工作人员，参观者要登记，但无需买票。那天我们是仅有的三位参观者。

里面有好几个馆，有石油馆、文莱历史馆、服饰演变馆，我最有兴趣、印象最深刻的是陈列海底打捞实物的馆。我看得呆了，这里陈列的瓷器，几乎清一色是中国产的，以我有限的知识，我能辨别出宋代的、元代的、明代的、清代的。这些盆呀罐呀，不少造型样式都是我从没见过的，从那图案看，不少属于外销瓷，是看样定做的。这些瓷器相当一部分上面有珊瑚，可见在海底至少上百年，几百年，甚至近千年了。有些盆与罐之大堪称盆、罐中的巨无霸，如果拿到拍卖行去，每一个都可拍到天价。而这里，陈列的不是一只两只，也不是十只百只，而是数百数千，有的样式，光一种就几十只、上百只。盛产石油的文莱太富了，不会拿去拍卖的，如果中国的瓷器收藏家能有机会来这里看一下，肯定把他们的眼睛都看红了、看直了。但看来到过这里的中国人凤毛麟角，因为我注意到签名本上全是外文。其实，这是一个值得一看的好去处，搞瓷器收藏的尤其应该去开开眼界，即便花钱专门去跑一趟也是值得的，保证会说：不虚此行，大有收获！

我记得是 17 点多的飞机，按国内惯例，国际航班至少提前一个半小时，所以我们不敢再看了，匆匆赶到机场。到了机场，碰到了印尼的袁霓、荷兰的池莲子等一拨人也在候机，她们是 18 点多的飞机，我们一查航班原来是 19 点多的，这样，我与谭绿屏正好送她们进海关。

文莱到上海的飞机，乘客不多，没坐满。到上海浦东机场时近 12 点了，在上海电视台工作的儿子已开了车来接机。

5 天的文莱之行圆满结束。

## 半月日志 （2006年12月16日至31日）

《日记报》来约稿，说他们策划了一期专题日记，邀约了几位名家，把每个人的2006年最后半个月的日记集中刊登，让读者了解一下这些作家、教授、学者们在2006年最后半个月中，都做了些什么，想了些什么，记录了些什么。

我反正天天记日记，一天不拉的，仅仅是把日记本上的文字打印一下而已。

### 2006年12月16日　星期六，天气晴

又是双休日，双休日通常是我的爬格子日。我照例来到办公室，办公室清静些，准备还掉点文债。

一到办公室，像往常一样第一件事是打开电脑，收信，发信。

收韩国白石大学柳泳夏教授电子邮件，说翻译了我的微型小说《此一时彼一时》。

收深圳吴梅村研究学者陈斯园发来他所写的《红楼梦问曹雪芹，石头记录吴梅村》的论文，叫我提提意见。

收中新社长江第一港网站黄莹编辑电子邮件，征询我一篇太仓文史稿的意见。

收苏州市作家协会信，要2006年太仓市作家协会总结。

收安徽阜阳广电报等寄来贺卡。

收我侄子凌君洋稿费40元。

发文莱作家一凡电子邮件，告知她文莱诗人杨永平家的电

话号码，请一凡代为索要造访他家时他为我们拍的照片，杨永平没有电子信箱，联系不方便。

发菲律宾《世界日报》副刊编辑云鹤散文稿。

发《云南政协报》副刊随笔一篇。

发《扬子晚报》编辑邹小娟随笔一篇。

发《格言》杂志泰勤编辑一组随笔。

发北京《东方养生》杂志朱薇编辑文莱游记一组 5 篇。

发江苏省作家协会创联部傅小红电子邮件。

发内蒙古作家张伟电子邮件，询问他主编的微型小说作家评论集进展如何。

办公室突然停电，没了电脑，做不成什么事，只好看看书。手头有江苏省委出版处副处长、作家王振羽先生写的《梅村遗恨——诗人吴伟业传》正好尚未看完，就继续看了下去，随手记录一些读后感，因为市作家协会将与江苏教育出版社一起举办这书的作品研讨会，我还要写篇发言稿。

## 2006年12月17日　星期日，天气晴

天发冷了。

老婆去上海，说是黑龙江插队的同学聚会。

收文莱王昭英发回的《赴文莱日记》改稿，因稿子要 1.6 万字，说分两期发文莱《联合日报》上。

收广东高州邹汉龙发来的《云轩文学》创刊号电子版，有我的创刊词。

收太仓籍名人、三峡工程副总工程师傅华女士发来的有关她父亲著名农林学家傅焕光的有关文字资料与照片。

收香港岭南大学赵茱莉教授转寄的《中国当代小小说选》英文版，翻译了我一篇《茶垢》，此书是美国穆爱莉教授、葛浩

文教授与香港赵茉莉教授合作翻译的美国大学的外国文学教材，2006年9月在美国哥伦比亚大学出版社出版。

收文莱作家协会秘书长海庭先生信，寄来了11月30日《诗华日报》，上有记者采访我的报道与照片。

收中国信息大学关于2007年新创意作家冬令营研修班的邀请函。

收珠海女作家杨静仪信，附来《雷池文化》，发了我评她诗集的评论《自然为美的隽永小令》。

重发北京《日记报》主编于晓明《文莱日记》，原先发的他说没有收到。

发新西兰作家林爽我的照片、作者简介与作品电子版，她主持的新西兰华文报纸要介绍我。

发邯郸作家张记书关于世界华文中学生微型小说大赛资料。

写《保护太仓非物质文化遗产》稿，乃明年初政协大会上的交流发言稿。

## 2006年12月18日　星期一，天气晴

把民进太仓总支的年终总结校改好，发给民进总支办公室小邢。

寄南京作家王振羽信，附《太仓日报》，发了我写的《梅村遗恨》一书的书讯。

分别寄内蒙古《小作家》杂志主编贺云飞与上海《作文大世界》主编刘崇善信，推荐太仓直塘小学在上海教育出版社出版的童话集，请他们择优发表几篇。

寄南京陈辽、凌焕新教授，济南宋家庚教授，天津汤吉夫教授邮政明信片贺年片。

### 2006年12月19日　星期二，天气晴

把市政协大会交流发言稿改好，发民进太仓总支主委吴炯明与市政协办公室等。

收浙江义乌市作协副主席徐敢的小说集、散文集签名本与信，邀我重访义乌。

收福建海峡文艺出版社编审林承璜寄赠的《世界华文文学解读》一书。

收新疆教师姜登榜信，姜多年来从事文字纠错，校对水平全国一流。

发苏州市副市长朱永新短信，请他告知电子信箱，有材料要发他。

发《苏州日报·教育版》编辑吴晓红邮件，推荐学生作文，以及发世界华文中学生微型小说大赛资料，请她刊登。

发刘庆宝、侯发山、李夫健、邱成立、刘力、李惠元等各地教师的邮件，发世界华文中学生微型小说大赛资料，请他们组织学生参赛。

寄微型小说作家中的中学老师贺点松、张红灵、曹清富、钱岩、邓石岭、徐建宏、李宗成、蓝贵格、邓晓帆、石上流、滕海涛，以及昆山外国语中学、张家港梁丰中学等信，附寄世界中学生华文微型小说大赛资料。

寄我在重庆的胞兄凌大伟、温州的余伯伯，还有赵智、郑允钦等亲朋好友多份邮政贺年片。

### 2006年12月20日　星期三，天气晴

发苏州市副市长、书香校园的倡导人朱永新邮件，关于世界华文中学生微型小说大赛的文讯，他的教育在线网与博客人气

很旺，发在他那儿点击率高。

寄新疆姜登榜信，附上他嘱我为他将出版的《引玉集续》集子写的代序《令人钦佩的文字"啄木鸟"姜登榜》。

收四川安岳县作家王中平信，希望我为他将出版的微型小说集写序。

太仓健雄职业技术学院的一位老师送来散文诗集稿，叫我写序。

收澳门《华人报》。

收四川《微篇文学》，发了文莱"世界华文微型小说研讨会"会议消息，发了我获"苏州十大藏书家"的文讯。

收《天池》杂志。

发文莱作协主席孙德安电子邮件。

发省作协《江苏作家》文讯两则。

## 2006年12月21日　星期四，天气晴

一早，我即给我们市作家协会名誉主席、市财政局长袁国强发了短信，请他继续关心太仓市文学创作基金会的事。关于此事，我曾在市政协会议上有过提案，市里也答应落实，据说市财政已为市文联落实了50万，为市作家协会落实了20万，但尚未到账，总归心不定。近日有消息称，袁局将升任市政协副主席。此前，我已给他一信，希望他在卸任财政局局长前，能把文学创作基金会的事圆满解决。

上班不久，市文联主席夏国强来电话，叫我一起去找一趟袁局，把基金会事落实，看来他也急了。袁局办公室四五批人，我与夏主席只好在隔壁会议室等。轮到我们时，无需多说，袁局好事做到底，为市文联落实了50万，为市作协落实了30万，当场办理。这样，市政协提案要求的市文联文艺创作基金100

万，市作家协会文学创作基金 50 万全部到账。但袁局提出：基金的本金绝对不能动用，利息部分的奖励要制定具体的规定，要严格审批等等，这我们自然照办。

收《香港文学》总第 264 期。

收安徽儿童文学作家伍美珍等人贺卡。

收《中国与海外》2006 年第 5 期，登了我照片。

收《佛山文艺》稿费 100 元。

收文莱孙德安电子邮件。

收《做人与处世》杂志金余编辑约稿信。

发泰国《新暹日报》副刊洪林女士稿。

发《苏州日报》《小作家》《作文大世界》稿，推荐学生作品。

## 2006年12月22日　星期五，天气晴

上午统战部长朱薇圆找我谈话，关于考核民主党派班子征求意见。

14:00，市委组织部通知我去市委三楼会议室开会，原来市委书记浦荣皋与市委组织部长秦建明找谈话，共有市文联主席夏国强、市政协社会事业委主任赵永生等十多位，我们这批干部都55周岁了，到龄退二线，领导集体找谈话。无官一身轻，我任何要求也没有，今后时间上将会空闲点，这正是我最大的需求。

进会议室见到了市政协经科委副主任陆静波，他刚考核过，只知要提拔，但去哪儿还不清楚，我告诉他到文联任主席，他一愣还有点不信。不一会，浦书记先找他谈，果然叫他出任市文联主席。我曾积极向有关领导推荐他出任文联主席，因为我觉得他当文联主席乃人尽其才。

把机关公务员年终的自我考评总结写好。把民进太仓总支

部发下的民进优秀会员表格填写好。

## 2006年12月23日　星期六，天气晴

又是双休日，又到爬格子日。

市政协大会交流发言稿他们看后，认为分量还不够，我就再写一篇《充分认识我市历史文化遗产价值，加大保护力度，以提高娄东文化含量》的发言稿。

为市作家协会会员将出的集子写代序一篇。

收《微型小说》2006年第12期。

收市档案馆贺年卡。

收宜兴艺社贺年卡，索要我编撰的《太仓近当代名人》一书。

收日本国学院大学渡边晴夫教授贺年卡，并附来在文莱他为我拍的照片7张。

收《和谐中国之星》编委会函，要求我入编。

收山东读者、广东读者寄来的贺卡与信。

## 2006年12月24日　星期日，天气晴

今天是圣诞夜，又称平安夜。

上午写随笔《巴城吃蟹一条街》。

下午写代序《从安岳走向文坛的王平中》。

收《荆州日报》12月12日发《文学、新闻双栖的李国新》，系为他微型小说集子《厚土》撰写的代序。

收沙溪高级中学的贺年卡。

收四川石建希贺年卡。

收南京陈辽信。

14:30，有"太仓十君子"之称的我们一拨朋友到南园聚

会，到会的有园林专家、收藏家殷继山，硬笔书法家马永先，中国舞蹈家协会会员陆筱漪，国画家、收藏家王福，书法家吴尘，市侨联副主席张晓冬，市科技局副局长孙惠球，企业家徐明、徐光红，保险公司财务总监胡跃新等。

王福还带了上海音乐学院音乐系的学生朱丽婷，朱丽婷唱民歌的，被誉为"小宋祖英"，有人甚至认为她的音色超过宋祖英，前途无可限量。

我们在南园大还阁喝茶、聊天，其乐融融。晚上到港湾大酒店吃晚饭。晚饭后到"金碧辉煌"歌厅去听朱丽婷唱歌，这是美的享受，共度圣诞夜。

## 2006年12月25日　星期一，天气晴

收儿子凌晨寄来的贺卡，儿子长大了，懂事了。

收广东邹汉龙、天津张映勤、贵州西蕾宁等文友贺年卡。

收《作家与读者》入选通知。

收《玉泉》杂志2006年第6期。

收《作家企业家》报。

市计量局要买50本《太仓近当代名人》。

接待多位朋友，忙忙碌碌一天。

## 2006年12月26日　星期二，天气晴

收加拿大黄俊雄教授电子邮件，发来一篇微型小说。

收澳大利亚作家俗子贺年卡。

收泰国《中华日报》副刊主编梦凌贺年卡。

上午参加市级机关党委主题教育考评会。

下午去沙溪镇参加民进太仓总支的年会。这次会特意放在德威新材料有限公司开，董事长周建明是我们民进总支委员，年

夜饭就由他来安排了。苏州市、太仓市领导都到他公司，对他公司也是一种宣传。

苏州市副市长、民进苏州市委主委朱永新，副主委曹有德，秘书长顾和祥，还有太仓市委副书记宋建中，市政协副主席，统战部长朱薇圆等到会。

会议由市人大副主任、民进太仓总支主委吴炯明主持，会上吴主委作了民进太仓总支年度工作报告，表彰了我与周建明、陆瑛等9位优秀会员，每人200元奖金。

## 2006年12月27日　星期三，天气多云

收《苏州杂志》2006年第6期。

收《格言》杂志3本，叫我了解一下刊物风格，为他们刊写些稿。

收《太仓日报》稿费40元。

收上海章大鸿信。

收上海《作文大世界》主编刘崇善电子邮件。

收北京法学家俞梅荪电子邮件。

收顾建新教授、作家魏西风、读者陈国炯等诸人贺年片、贺卡。

收函授学生赵丽萍电子邮件，说寄她的书尚未收到。怪了，这么长时间，早该收到了，可能邮路上出问题了。

收文化局张炎中电子邮件，对我写的市政协大会交流发言稿提了些修改意见。

市质监局、市邮电局、市劳动保障局分别来买《太仓近当代名人》100多本。

下午参加市楹联研究会活动，上海楹联研究会会长丁锡满，还有喻石生等来交流。

　　会上，市文化局副局长缪志清与即将上任的市文联主席陆静波坐我边上，一时心血来潮涂鸦了两联：

志存高远，且做实事，

清留乾坤，不慕虚名。

——书赠缪志清

静气、大气常涵养，

波澜、波折不计较。

——书赠陆静波

也未细推敲，把他俩名字嵌进去了，戏题而已。

## 2006年12月28日　星期四，天气晴

　　收四川文友王宽、太仓徐明等贺年卡。

　　收北京顺义区《绿港文学》主编工克臣信、杂志。

　　收北京俞梅荪寄来《中华医学会汇编》一书，有他祖父俞凤宾博士的有关资料。

　　收沧浪诗社请柬。

　　市青少年活动中心、市统计局、大仓公司等分别派人来买《太仓近当代名人》。

　　根据市政协、民进等多人意见，把发言稿再改一遍。这稿将代表民进太仓总支部在政协大会上交流发言，他们总希望有些分量。我已连续四年代表民进太仓总支在市政协大会上交流发言，每次都谈太仓文化，每次都是反响最好的。可能是市领导对经济较内行，对历史文化不太熟悉的缘故。

## 2006年12月29日 星期五，天气晴

收北京《语文导刊》稿费 400 元。

收北京滕刚特快专递，出书的合同等。

收香港作家阿兆补寄的《青艺》杂志 4 本，发了我与凌君洋、李永康、刘国芳、沈祖连等人作品，并有阿兆的点评。

收民进太仓总支贺年卡。

收上海大学研究生侯学标电子贺年卡。

收四川李永康电子邮件，要我找 5 月 25 日的《文学报》，上有介绍他们微篇文学学会的报道。当天找到，快件寄李永康。

去银行在电费卡上打入 500 元，省得每月去交电费。

## 2006年12月30日 星期六，天气晴

收盛蕾副市长贺年卡。

收如皋作家喻耀辉贺年卡。

收市妇联 600 元稿费，苏州市妇联编一本《苏州巾帼英雄》，市妇联叫我写了一篇《中国的"居里夫人"吴健雄教授》。

收市政协明年会议的提案表格等。

上午给市委浦荣皋书记写了一信，关于澳大利亚华人胡树衡先生提出的太仓与上海接轨的建议。胡树衡系太仓人，曾在上海市委工作，经济专家，现移居澳洲。不久前我接待过他，他给我写了信，提了几条建设性的建议，极有价值，我转而提供给市委领导决策参考。

寄苏州市作协年终发表作品统计表格。

寄中国作协创联部会员处负责人孙德权信，并附寄太仓诗人杨鸿臣诗集 8 本，介绍了他的创作情况，希望批准他入会。

把全国侨联第八届世界华人小学生作文大赛征文启事寄发

到太仓一小、实小、朱棣文小学等学校。

寄李永康、刘国芳、沈祖连香港《青艺》杂志与《金太仓》杂志各一本。他们几个在香港《青艺》杂志发的作品是我推荐的。

## 2006年12月31日　星期日，天气阴

上午，文联新主席陆静波到位，正式到市文联上班。

收日本新移民解英电子邮件，她说她在日本教日本人学汉语，曾多次讲到我的微型小说作品。还说微型小说很适合日本人学习汉语。

收湖北陈大超、深圳陈彪、济南宋家庚教授、常州刘明新副教授、南京陈锋、姜堰缪荣株、太仓文联茅震宇等人贺年片、贺年卡。

收《云轩文学》。

收《健康益寿报》。

收市政协开常委会通知。

收《江苏政协》杂志稿费80元。

收湖北李国新寄来内衣两件，大概算我给他集子写序的酬谢吧。

市作协会员陈国忠来电话，说他现被浙江义乌市聘请过去，在一家医药公司当经理，每月车子太仓、义乌来回一次，他说他义乌的朋友想认识认识我，邀请我去一次义乌。四年前义乌报社的朋友邀请我去义乌中学、绣湖中学、义乌商学院等多所学校讲课，认识了不少义乌的作家朋友，其中有两位朋友多次邀请我再去，因忙，一直没有再去。如果有空倒可以考虑搭他车重访义乌，会会老朋友，认识点新朋友。

真快，一年又过去了，回顾这一年，创作了三四十万字文

学作品；出版了中篇小说集《野葵》，出版了 50 多万字的《太仓近当代名人》；在海内外发表了近 300 篇作品，全年有 23 篇作品收入《微型小说鉴赏辞典》《百年百篇经典微型小说》《震撼大学生的 100 篇小小说》《感动中学生的 100 篇小小说》《感动中学生的 100 篇微型小说》等 14 种选本，有多篇作品收入海内外大学、中学教材，也算没有虚掷年华，堪可自慰。

# 新西兰日记

## 2010年2月27日　星期六，天气晴

应大洋洲华文作家协会会长冼锦燕太平绅士、副会长何与怀博士、副会长洪丕柱教授的邀请，赴新西兰第一大城市奥克兰去参加大洋洲华文作家协会第三次会员大会暨"华文文学如何反映和谐与全球气候变化"研讨会。

昨晚，北京的赵智夫妇飞上海与我会合，22:00一起从上海浦东机场飞香港，再转机去奥克兰。到了香港须再安检再登机，晚开了20分钟。

新西兰时间13:20到达奥克兰，5个小时的时差，我在飞机上睡了一觉，下飞机后感觉精神头挺好的。

新西兰的林曾慧夫妇开车来接机，送我们到一家四星级的宾馆。

16:00高晓月来宾馆接我们到一家四川酒楼。高晓月年轻帅气，是河南开封到新西兰的留学生，现定居于奥克兰，是新西兰青年作家协会主席。下楼时碰到大洋洲华文作家协会副会长洪丕柱教授，他是上海人，其哥洪丕谟教授系著名书法家、文史专家，在上海滩很有名的。

在四川酒楼碰到了澳大利亚的女作家俗子、吕顺夫妇，何与怀博士，黄惠元等，都是澳大利亚华文文坛重量级的人物。

大洋洲华文作家协会会长冼锦燕与不少新西兰的华文作家都先后到了。

冼锦燕致欢迎词，副会长何与怀博士与副会长洪丕柱教

授、张显扬秘书长分别致辞。我以世界华文微型小说研究会秘书长的身份作为特邀嘉宾向大会致祝贺辞，还向大会赠送了榜书书法家陆诚的六尺宣独体"虎"字，与王诗森的书法作品，以及《太仓市微型小说作家群作品选》，与我自己出版的多本文学集子，以文会友，就这点书来书往。

印象较深的两件事：先是奥克兰市长约翰·班克斯亲自来参加今晚的欢迎晚宴。奥克兰是新西兰的第一大城市，比首都惠灵顿还大，相当于中国的上海这样的位置。如果在我们国内，这样的大市市长大驾光临，那可是老大老大的大面子，带秘书带警卫带司机都司空见惯，没想到这位市长大人自个儿开车，不带一人轻车简装进来了，如果不是冼锦燕介绍，我们怎么可能猜到他就是这座大城市的一把手呢。市长进来后，见我与冰峰是远道来的客人，马上主动与我俩握手。我提出合影，他欣然同意，一点没有架子。

不一会，又进来了一位新西兰人与一位华人。那华人是新西兰华人圈里的名人霍国强，他是新西兰国会里唯一的一位华人议员。新西兰的议员是进入国家事务决策层的人物。另一位来头更大，竟然是新西兰在野党党魁工党领袖菲尔·戈夫，曾经做过国防部长、教育部长等，如果下一届他的党执政，就是总理。他属领袖式人物，但无丁点官场习气与大人物的架子，握过手后，与我合影，还把一只手搭在我肩上，很是随意。我还给他与冰峰合影。说得难听些，我们把他当道具，一一与之合影，他一点不恼，也无不耐烦的情绪。

当晚，还来了中国驻奥克兰总领馆领事龙艳萍、比利时皇家科学院魏查理院士、中华文化中心主席孔东博士、国际慈航观音基金会王泽华会长、新西兰全民党简绍武副主席、新西兰狮子会会长 Raj Mitra 及夫人等，大家同桌共进晚餐，并一一合影留念。

中国驻奥克兰总领馆领事龙艳萍与奥克兰市长约翰·班克斯、工党领袖菲尔·戈夫都发了言，表示欢迎我们的到来。

吃好晚饭，大家唱唱跳跳，在主持人的邀请下，市长约翰·班克斯与工党领袖菲尔·戈夫都没有任何推辞与忸怩，大大方方地唱了起来，在跳舞环节，也高高兴兴地舞了起来。

我很吃惊，问新西兰的文友：这些领导人平时都这样吗？

答曰：都这样。并说这些都是他的选民，他们怎么肯放过这种亲民的机会呢。如果高高在上，拒人于千里之外，下次大选谁选他？

一语中的。我懂了。

我注意到，当晚共8桌，还有散席加位，上百个人呢，且有冼锦燕这样的侨领。争取选民，自然得功夫在平时，临时抱佛脚效果肯定打折扣。

晚饭后，高晓月开了车来，带我们去观光市容看夜景。转了一圈街市后，又带我们上了蒙特伊顿山，从山上看奥克兰这城市，万家灯火，一片璀璨，一个字：美！

## 2010年2月28日　星期日，天气晴

今天是元宵佳节，来自新西兰、澳大利亚的150多位作家，与各路媒体记者参加了"大洋洲华文作家协会第三届会员代表大会暨中华文化和当代华文文学研讨会"开幕式。中国大陆应邀的除了我，还有《人民文学》事业发展部副主任赵智与《微型小说》杂志社执行主编陈亚美。

龙艳萍领事宣布开会，冼锦燕代表主办方致辞；新西兰全民党简绍武副主席、比利时皇家科学院魏查理院士也先后发言；洪丕柱教授代表协会讲话，在谈到和谐问题时，他举例音乐，不和

谐就是噪音，和谐就是美妙的乐曲。秘书长张显扬也做了发言。

会上，还向 2010 年第五届元宵征文比赛获奖者颁发了奖状与奖品，我被作为特邀嘉宾与龙艳萍领事、冼锦燕会长向获奖者颁奖。这之后，拍集体照，我被安排坐在前排。

茶歇时，我与钱文华见了面，她是开封教育学院的副教授，原来作为访问学者在土耳其，参与了土耳其东方文化中心翻译大陆的微型小说作品，她好像是定居在新西兰了。因为翻译的事，我与她一直有电邮联系。我送了几本我的集子给她。

我把带去的王诗森的书法作品，与《太仓市微型小说作家群作品选》《江苏省微型小说》等分送给冼锦燕、何与怀、洪丕柱、吕顺、黄惠元、俗子、张显扬、高晓月等新老朋友。我收到大卫王《母亲的手》、何与怀《北望长安》、孙嘉瑞《路边的历史》等赠送的集子。

在研讨会上，我作了《和谐也是文学永恒的主题之一》的交流发言，还有何与怀等发言。澳大利亚的女作家笔名丑女的说了一通对孔子等中国传统文化大不敬的谬论，当即遭到台湾《联合时报》一位女记者的反驳，唇枪舌剑，火药味很浓。看得出，海外华人其政治信仰、文化观点、文学修养大不一样。

下午，继续研讨，吕顺、李侃、王宁、南太井蛙等发言。南太井蛙说到创办文学沙龙的事，还强调了"独立思考，自由创作"的沙龙宗旨。

研讨会结束后，冼锦燕带我们去看"文化中国，四海同春"的大型文艺演出，是国侨办组织的，云南歌舞团主演，特地拍了照。我作为基层侨办的，在国外看到国侨办组织的演出，心情自然不一样。看演出的以华侨、华人为主，在奥克兰一下子看到这么多中国人，毕竟是开心的事。

晚上三桌。席间，有作家献艺助兴。郑大凤唱戏，戏名没有记住，温凤兰唱《状元媒》《苏三起解》等……

晚饭后去参加新西兰华人社团举办的元宵灯会，在奥克兰市区的阿尔伯特山，一个小山坡，古树大树很多。原本很空旷，很清静的，但现在，乖乖，人山人海，比中国的庙会还热闹。据奥克兰的华人告知：这元宵灯会原本是奥克兰华人的一项活动，奥克兰政府决定：这阿尔伯特山为华人的元宵节开放 3 天。开始几年基本上局限于华人参与，但近年外国人参与的越来越多，今年的活动，估计有十五万人参与。我观察了一下，华人与老外差不多一半对一半，不少拖家带口，老少同游同乐。

名为元宵灯会，各种灯当然是第一位的，有兔子灯，有动物造型灯，有人形灯，有京剧脸谱灯，有水果灯；有舞龙舞狮的，有唱歌唱戏的，有写中国书法的，有画中国画的，有剪纸的，还有元宵节少不了的灯谜，猜到有奖品的。我也去凑热闹，总算也猜到了两个，一则"悬崖勒缰"打一个国名，我猜到了"危地马拉"；还有一个"大家都笑你"打一城市名，我猜"齐齐哈尔"。还有"卷帘格"，我知道是猜出谜底后要倒着读；徐妃格，谜底读半边，可惜我水平有限，没猜对。同去的一位华人作家，射虎高手，连猜连中，不说百发百中，十拿九稳，至少对的多，错的少，不能不佩服，可惜我没有记住他名字。印象较深的还有纸做的帽子，3 元钱一顶，还有塑料的打气的帽子，造型很古怪，老外买的不少，往往一家三口四口，每人一只，极夸张而滑稽。我还与带怪帽子的老外合影。有些书法与国画不能恭维，应该属于自娱自乐性质的，但摊前照样人头攒动。

有看的，更少不了吃的，什么小吃都有，简直就是美食一条街，传统的中华小吃样样有，据说不少老外就是奔这小吃来的，他们从心底里夸中国的小吃："味道好极了！"

今天还收到国内多位朋友的元宵节祝福短信，很欣慰。

## 2010年3月1日　星期一，天气晴

5:00叫早，6:30打的去机场，8:30的航班与冰峰夫妇同去新西兰有"花园之城"美誉的南岛旅游。

安检较为简单，我们有三瓶可乐，还有喝了一半的桔子水都带上了飞机。我过安检门时，那安检员甚至没有用那仪器在我身上扫一遍，对我绝对信任。看来，我不像坏人，至少不像劫机的歹徒，所以安检员对我放心。一笑。

飞机上竟有一半是中国人，不少是从上海来旅游的，还有来新西兰探亲的，顺便到南岛旅游，可见，南岛的景色多诱人。

10:30到南岛基督城，这是南岛最大的城市，也是新西兰的第三大城市。1850年建的，属移民城市，与我国的武汉、兰州结为友好城市。1983年，赵紫阳曾在南岛栽种过一棵银杏，签了友好城市条约。据说在基督城居住的华人有两万多。

南岛有南阿尔卑斯山，多风多雨多雾，高山湖泊多，有8个，景色极佳，却是个地震多发地区，智利海啸也影响过南岛，但仍挡不住游人蜂拥而来。

导游接机后，先带我们到中部的麦肯齐区，我们在冰川特色湖第卡波湖边看到著名的牧羊犬铜像，通常两条牧羊犬就可驱赶一大群散放在外的羊群，我亲眼看到的。当地牧人感谢牧羊犬为他们做出的贡献而竖了铜像，游人都会在此合影。

我们去了湖边的好牧人教堂。教堂很小，只三四排位子，却很出名，有不少新婚夫妇专程大老远跑这儿来举行婚礼。有好牧人教堂图案的明信片一元一张，自己投钱后就自己拿，我买了几张，留作纪念。

我们还去品尝了全世界海拔最高的三文鱼午餐，还欣赏了三文鱼塑像，估计全世界独一无二。

我们还参观了三文鱼养殖场，这儿四面皆山，中间一个湖，人工养殖。进去的游客可以免费喂食，把鱼饲料撒下去，成群的三文鱼游过来抢食吃，个头都很大，每条在3~6公斤，就像我们国内有些公园喂食锦鲤差不多。这儿的三文鱼新鲜，可以当场购买，14.9元一公斤，有装好盒子的，每盒25元新西兰币，有买半条的，四五十元左右。我发现三文鱼说是养在湖里，其实是网里，放在湖水中的网。有人一拉网，三文鱼就跃出水面，好镜头，可在这儿拍照要收费的，可谓生财有道。

这里还可以远眺南阿尔卑斯山雄伟壮阔的美景，白的积雪，黑的山峰，直插云端，静卧大地，逶迤远去，气势慑人。

新西兰的动物很多，车子开在高速公路上，时不能见到被撞死的小动物，据说最多的是果子狸。我立马来了兴趣，果子狸在我国不是被认为是"非典"的罪魁祸首吗？新西兰有大约六七千万只野生的果子狸，为什么没有"非典"肆虐？令人想不通。我听闻另一种说法，说"非典"其实是广东人吃巨蜥引起的，那从海外进口的巨蜥身上有上千种病毒呢，但巨蜥属保护动物，后来就拿果子狸做了替罪羊。也许吧，这对果子狸太不公平了。好在新西兰对果子狸保护有加，我们在公路上看到沿路的大树与电线杆在离地面两米的地方都包有一层金属铁皮，大约五六十公分，在阳光下闪闪发光，我一直没有闹清这是干什么用的，听了导游解释才知道这是专门为防止果子狸才安装的。原来新西兰因生态好，环境保护好，果子狸大量繁殖，而果子狸主要夜间活动，喜欢上树，善于攀缘，爱食野果等，也吃树的枝叶。如果任其上树，就会对树木构成危害，如果上了电线杆，可能会咬坏电线，造成不必要的损失。要是放在我国，十有八九抓捕，吃掉，可新西兰人想出了这么个在我们看来极笨极笨的笨办法。但就是这人道到不能再人道的办法，还是遭到了爱好动物协会的抗议，理由是，那块铁皮不能包得离地面低一点嘛，为什么非要等果子狸爬到两米左右才知道上不去再退下呢，这对果子狸不人道。站在爱动物人士的立场，也不能说没有一点道理呀。

晚上入住奥玛拉玛的一处乡村旅馆，条件还不错，有温馨的自助餐。

晚饭后，与冰峰外出散步，看到有一住户的场地上有蹦床，我与冰峰就去试了试，一蹦老高，如果掌握不好，要摔跤，有点危险性，倒确实很好玩。周边的环境真好，在我俩蹦床时，看到多只兔子窜来窜去，还有一只拱起身来，看了我俩一会才隐入草丛。鸟儿就更不用说了，甚至不怕人，照样鸣唱，照样嬉闹。

散步回来，冰峰要去喝酒，说体验一下洋酒吧的味道。有两位与我们同团的女大学生也在酒吧，聊上了，一个姓赵，一个姓卓，一个北京的，一个哈尔滨的，一学国际金融，一学会计，估计都是富二代或官二代的，出手很阔绰。她们点了价钱不菲的洋酒，还去把刚才在三文鱼养殖场买的三文鱼拿了过来，请我与冰峰一起吃。两个女大学生知道我俩是作家，知道冰峰在《人民文学》，就完全没有戒心了，聊得很愉快。

## 2010年3月2日　星期二，天气晴

早餐时，窗外的草地上有多只野兔在探头探脑，有多只八哥在自由觅食，互不干扰，游客也没有去打扰它们的。但我听到一种说法：野兔已成为新西兰的十大自然灾害之一，因为兔子的繁殖量太惊人了。大量繁殖的兔子要打洞，要啃食花草等，一定程度上破坏了植被。

早餐后，我们去著名的皇后镇，先经过克伦威尔，是著名的水果产地。在小镇入口处就能见到巨大的水果雕塑，彩色的，

游人一见就知道到水果镇了。这儿的水果便宜，只是我们是来旅游的，不方便带。不过有免费品尝，不买，也能一样样吃个遍，就看你好不好意思。记得有蓝莓，有葡萄等，冰峰买了一盒樱桃。

沿路看到一小片一小片的花，极为漂亮。一问，竟然是鲁冰花。鲁冰花这名字我耳熟能详，但花是什么样子，我还真不知道，更没有见过，没想到在新西兰见识了鲁冰花。我对唱歌属于歌盲，不过还记得"夜夜想起妈妈的话，闪闪的泪光鲁冰花"这两句歌词，好像就是电影《鲁冰花》的主题曲。我不知道鲁冰花到底有多少种颜色，但新西兰最常见的是紫色的。紫色高贵，成片的更是赏心悦目，给人一种震撼的视觉冲击。鲁冰花不像月季、菊花，一朵一朵的，它是一丛一丛的，如火炬状，花序向上开的，除了紫色的，也有白色的、淡红的，不过我还是喜欢紫色的。可惜季节不对，不少鲁冰花已开过了，结籽了，现在看到的都是晚开的，要是在鲁冰花开花期，那才真的好看呢。

皇后镇是闻名遐迩的旅游胜地，极富浪漫气息。而蹦极跳的发源地就是皇后镇那卡瓦劳桥，曾经诱惑了许许多多爱冒险的年轻人到那儿，一显身手。那卡瓦劳桥横跨两山之峡谷，是一座铁木结构的桥梁，桥下水流湍急，且弯弯曲曲，一泻而去，这里就是蹦极跳的发源地。据导游介绍：当初皇后镇有两个年轻人把双脚用绳子拴住，再系牢于铁桥栏杆，纵身跳下山涧，从而发明了后来风靡于世界的蹦极跳。但这种说法只是一家之言而已。

有一种更为古老的说法：把脚用绳子绑住，从高处往下跳最初是西太平洋瓦努阿图群岛的 BUNLAP 部落的一种风俗，至少在公元 500 年时就已有了。源起是一位土著女人为制止暴躁脾气的丈夫再次毒打她，躲到了一棵高大的树上，扬言若丈夫再打她，她就不活了，从树上跳下，这其实是女人威胁丈夫的一种手段而已。丈夫只是发脾气时控制不住自己，并非存心要虐待妻子，他怕妻子真的有三长两短，就爬上了树想把妻子弄下来。妻子见丈夫上树，就一咬牙跳了下去，不过跳前她用一种有弹性的蔓藤拴住了脚踝，最后这根蔓藤使女人没有摔到地面，悬在半空，救了一命。这后，将蔓藤绑住脚踝从高处跳下成了当地一种独特的习俗，再后来，改为了用绳子拴脚。

上世纪 50 年代时，这种刺激性的活动被美国的地理学家发现。上世纪 70 年代，有西方国家的年轻人用一根弹性绳索拴住脚，从高处飞身跳下，拉开了现代蹦极运动的帷幕。但蹦极跳成为一种体育活动，推广开来应该还是与新西兰的贺克特和克里斯·奥拉姆兄弟有关。据说兄弟俩为了让这运动引起世人关注，特地去了法国，贺克特不顾劝阻从埃菲尔铁塔上跳下来，轰动一时，为此，贺克特还被判了刑。释放后，在 1988 年，这两兄弟回新西兰成立了世界上第一家商业性蹦极组织——反弹跳跃协会。后来，这运动就传开了，成为青年人最刺激的运动之一。1997 年，蹦极跳传入中国。

据说这运动能刺激肾上腺素大量分泌，是考验人胆量的一种运动。老实说，我是没胆量跳的，倒贴我钱也不敢跳的。有幸亲临现场，实地看看也算饱眼福了，就采访采访，收集些素材吧。我问了，每天约有 250 人跳下去，已有 50 万人次的勇敢者跳下去。参加这活动要事先登记，买票，跳一次 150 新西兰币，不便宜，同去的有个女大学生买了票，准备试试自己的胆量，真让我佩服。

我观察了桥，长约五六十米，中间建了一座小房子，有一块木板伸出去，跳的人绑好绳子后，就走到这木板的顶端，再飞身跃下，桥离水面 43 米，几秒钟就下坠到离水面一两尺的高度，因为绳子有弹性，通常至少向上弹三四次，即上去再下来，再上去，再下来。也有分量重的，头部入水的，一般是男性。我特地问了跳过的，跳下去时啥感觉？多数回答是头脑一片空白，心要荡出来了，跳之前往往很害怕，有多位跳下去的一刹那，杀猪般尖叫起来，狂叫起来，撕心裂肺的都有。也有勇敢者镇定自若，在纵身跳下的时候，双臂展开，做出非常优美的燕子式或鹰翔式动作。说实在，勇敢者在空中划出一条弧线时，确乎是美的，给人美的享受，但也让人提心吊胆，胆小的不太敢看。当那绳子的弹跳趋于平稳后，水面上有一只橡皮筏子会划到跳水者的下面，用钩子拉住绳子，把跳水者放到橡皮筏子上，再划到岸边，让跳水者上岸，沿着石阶回到上面。橡皮筏子上有一男一女两个工作人员。

我看得饶有兴味。参加蹦极跳的老外居多，男性居多，也有外国妞，还有中国人。除了单人跳的，也有小情侣双人跳的。更多的是男朋友跳，女友负责拍照或摄像。还有的老外干脆光着膀子跳，显露一身栗子肉。每隔几分钟就有一位跳下，也有的站在那木板上老半天不敢跳下，要工作人员反复鼓励，一再打气，才跳下的。

我专门去那小屋子看了他们事先的准备工作，每个欲跳者，跳前先称分量，以计算冲力，控制绑绳子的长短，还问有没有心脏病、高血压等，很仔细。这之后，用大毛巾卷几层在脚上，再把绳子绑上，再在腰上拴住，扣上保险带，锁住，有双重保险，环环相扣的。保护人站在后面，一一嘱咐要领，起跳者双手拉住扶手，保护人喊跳，就跳下。

我问过导游，说是自开办这活动 20 多年来，还没有出过一次人命事故。我还注意到小屋子与桥上有多个探头，万一出了问题，也容易找到原因，分清责任。

这座那卡瓦劳桥现在成了专门的蹦极跳桥梁，据说另一个作用就是便于动物来回。我到桥头看了铭牌，此桥是 1880 年建造的，有 130 年历史了，也算老古董桥了。桥头两边用石块砌成宝塔状，一边有 7 根钢缆拉住，桥身有栏杆，还有铁丝网，可能防备有人掉下去，如果掉下去，那可不是闹着玩的。

相距百米处建了新桥，用以通车、走人，取代了老桥。

蹦极跳是勇敢者的运动，是寻求刺激者所推崇的，是年轻人喜欢的。

饭后，我们去电影《魔戒》的拍摄地格林诺奇（Glenorchy），我没有看过《魔戒》这电影，也就引不起共鸣，不像那些看过的，一瞧见什么建筑，对上号了，会情不自禁地叫起来。

又去了卡瓦堤泊湖（可能音译不准），说是新西兰的第三大湖，水瓦蓝瓦蓝的，这种颜色的湖水在国内很少能看到，关键是没有污染。

这儿有乘喷射艇冲浪的，据说是世界上第一家提供这种服务的，这喷射艇速度极快，很刺激的，冰峰要去过把瘾。我就免了，等他们去时，我一个人在湖边捡石头，整个湖边全是大大小小的鹅卵石，小的核桃般，大的篮球般，最让我动心的是颜色各个不一。我虽然不收藏石头，没有米芾那种石痴的迷恋，但向来喜欢石头欣赏石头，石不能言最可人嘛。有人对石头提出了石形、石色、石趣、石气、石德五个标准，我比较简单，一是看着舒服，二是缘分。我一个人在湖边找呀找的，看看有无缘分。功夫不负有心人，我还真的发现了两块很不错的石头，一块墨绿色的，一块玫瑰红的，一块拳头大小，一块两个拳头大小，我很是高兴，但不知能否带上飞机。

冰峰他们的快艇冲过浅滩时，浪花四溅，那浪直冲岸上，我的皮鞋与裤管都湿了。那些艇上的男男女女大呼小叫的，有惊恐地叫，有爽心地叫，很疯狂的样子。我给冰峰拍了几张照片。

我们乘缆车上山，去看半岛。有滑草车，9元一次，15元两次，28元5次。参观国鸟处，要另买票才能进去。买吧，难得来一次，不看就没有机会了。新西兰的国鸟是几维鸟，俗称奇异鸟，正规的学名为鹬鸵。说是鸟，其实翅膀已退化，不会飞了。看外表与公鸡差不多，体重可超过4斤。这鸟胆子小，都在夜间活动与觅食，主要吃蚯蚓、蜘蛛，昆虫和其他无脊椎小动物。我们买了票进去看，却看不到什么，因为白天几维鸟都蜷缩在草丛里，只看到灰褐色的背影，实在看不出有什么可爱，唯一可以称道的是寿命还挺长，能活30年。要说奇异，就是名称为鸟，却不会飞。之所以评上国鸟，大概因为是新西兰的特产吧，所谓物以稀为贵。今晚夜宿皇后镇，四星级宾馆。晚上去韩国酒楼吃韩国料理，有烤肉、泡菜、凉粉、海带、回锅肉、红烧土豆、海菜汤等。饭后，去皇后镇上走走，走过一家赌场，冰峰说进去看看，就进去了。我是从不玩这些的，权当采风，看看而已。冰峰忍不住赌了一把。他在玩的时候，我四处走走，观察观察那些赌徒的表情与手气，我发现几乎很少有人赢的。但冰峰的运气不错哦，竟然赢了，我劝他见好就收，走吧。但发现一个秘密，在赌场换美元，比机场、比银行都划算。我与冰峰都换了几百美元。

### 2010年3月3日　星期三，天气阴

去了堤亚诺小镇，这小镇有近三千居民，有两家中餐馆，据说店主有远亲关系，后来因生意上的竞争，成了死对头。在异国他乡为了钱，淡了亲情，实在得不偿失。

镇外有个堤亚诺湖。湖边有数百只野鸭，有位神情忧郁的少妇独自儿在喂食。此情此景，难得一见，我悄悄地过去拍照，既不惊动野鸭子，也不惊动少妇。不一会，走在后面的游客都发现了这群野鸭子，争先恐后到湖边拍照。因人多，难免动静大，

终于惊动了野鸭,那些原本安静的野鸭突然飞了,那喂食的少妇很生气,呵斥拍照的。我也感到很歉意,真的不该去打扰她的宁静。

这群野鸭大概已习惯在这一带生活,人与鸭早相安无事,那些鸭飞一圈又回来了。最有意思的是有一只母鸭,带着一群小鸭子上了岸,它一摇一摆地在前面带路,那群毛茸茸的小鸭子,一只接一只排着队跟在后面,每一只拉开的距离都差不多,似乎训练有素。那母鸭不知为什么从湖边穿过草地后,竟开始过马路了,小镇所有的人都自动停止了脚步,看着那旁若无人的母鸭雄赳赳、气昂昂地过马路。来往的汽车、摩托车也都自觉自愿地停了下来,没有一个按喇叭的,静等鸭子们过马路。我还是第一次看到自然界的野生动物在人群稠密处,在众人眼皮底下不惊不乍,慢条斯理地过马路。对当地的生态环境,对小镇人的素质,我不能不翘起大拇哥。

后来,我们还在湖上看到了 200 来只短翅水鸡,我们一行都不是动物学家,不知短翅水鸡的珍稀。据导游说,短翅水鸡又称塔卡黑秧鸡或南秧鸟,是新西兰特有的禽类,早在 19 世纪初期就被认为灭绝,直到 1948 年又在新西兰南岛这一带的河谷发现其踪迹。远远望去,这短翅水鸡与家养的鸡有相似之处,毛色呈艳蓝色兼铜绿色,喙比家养的鸡大,且是红色的,蛮漂亮的,算我们有眼福。

今天的主要安排是去米佛峡湾,要搭乘游轮去。米佛峡湾有"世界第八奇迹"之称,也是新西兰最大的国家公园,是世界遗产保护区之一。在游轮上看景,别是一种情趣。岸上林木郁郁葱葱,遮天蔽日,据说那些乔木不少是红木与榉木。红木的珍贵不用我说,大家都知道,其实榉木也是上好的家具材料,榉木生长缓慢,没有百余年,很难成材,而这里都是上百年的数百年的。我听说新西兰对环境的保护极其严苛，就算那些大型工程，能不砍伐树木的，尽量不砍伐；还有那些矿产，明明知道其价值，就是放着不开采，以避免破坏生态。值得我们借鉴。

可能是我们来前下过雨了，山坳里飘出岚气，飘飘忽忽的，犹如仙境。突然，前头出现了彩虹，七彩缤纷，美不胜收，游客们纷纷举起相机拍个不停。

游轮继续朝前，导游说到了伊格灵顿峡谷，说是世界上最大的一块净土，是上帝的后花园，说这峡谷里有野猪、有梅花鹿、有果子狸，动物品种很多，可惜在游轮上看不到，是真是假导游说了算，我们听听而已。一路上，导游说过了猴子溪，可惜没有见到猴子，就算有猴子，也不如峨眉山近距离，也就无所谓。导游又说过了瀑布溪，嗨，这儿有看头，一面的峭壁整块整块的，山顶积雪覆盖，白白的，银光闪闪，一条又一条的瀑布从天而下，有直线形的，有人字形的，有闪电状的，有曲折状的，形成图案，形成动感，那色彩、那画面真的很诱人很迷人。

游轮经过一个大瀑布前，导游关照，瀑布很大，怕淋的游客赶快到舱里；但导游又说，这瀑布富有负离子，对人体有好处，还有一种不知是否属忽悠人的说法，说淋一次年轻十年，有人专门来此淋一淋呢。我就亲眼目睹一个日本花甲老人站在那儿尽情淋着。我与冰峰为了拍照，就挤在船栏边，那瀑布如下大暴雨，一会儿全身都湿了，但总算拍到了想拍的照片。

我们继续欣赏着峡湾两边的悬崖峭壁，峰峦叠嶂，山上的植被极为茂盛，下部是青青的、绿绿的，也有枯树，估计都是千年老树自然死亡，但没有人去砍掉。那枯树也有枯树的味道，造型各异，远望之，或如盘龙起舞，或如鳄鱼扑食。那临水的巨石也或如猛虎跳涧，或如寿龟静卧，让游人看不够，拍不够。

导游说马上过塔斯曼海了，有海豹出没，果然没有让我失望，在岸边的一块巨石上有十来只海豹，懂的游客说是软毛海豹，已濒临灭绝了。那些可爱的小家伙很安静地躺着，全然不理会游轮的经过，不理会游客的大呼小叫，它们应该已习惯了，知道没有人会去伤害它们。但愿它们一直能这样平平静静地生活在这儿，但愿它们在这环境里生儿育女，繁衍它们的后代，不至于让我们的后代只能从标本上认识它们。

我们到了鹿镇，有梅花鹿的雕塑。但已没有时间去看梅花鹿了。不看就不看，反正梅花鹿国内有的是。

米佛峡湾回皇后镇，到海边的文华酒店吃中餐，此地还有同乐与海景皇家，共三家中餐馆。我特意去看了价钱，一碗汤面13 新西兰元，一碗盖浇饭 15 元，一盆鹿肉 28 元，鸡丁 18 元，生菜 11 元，榨菜汤 14 元……在此用餐的客人中国人与外国人大约一半对一半。

吃好饭，看到海边有数百种海鸟，还有少量野鸭子，一点不惧人，不躲人，自由自在的，对游人熟视无睹，该怎么生活还怎么生活，这才是天人合一，和睦相处，人鸟和谐啊。

### 2010年3月4日　星期四，天气晴

6: 45 叫早，早饭后去湖边拍照。

早餐后去具有浓郁苏格兰风味的但尼丁，但尼丁是新西兰南岛第二大城市，是个港口城市，有很深的文化底蕴。人口不多，只 12 万左右，华人大约有 3000 名，应该是第二代、第三代中国移民。当年那些来自广东沿海一带的华人来此淘金，这些矿工移民的后代，定居后有的就以开餐馆谋生，现在中餐馆有十余家。

但尼丁令人印象最深的是火车站，这是一座庞大而古老的建筑，说是 1904 年建，1906 年投入使用的，超过一百年历史

了，可归入古董行列了，但这火车站还在正常使用。我走得快，一个人快步到里面转了一圈，依旧人来人往，很是热闹，有古典氛围，却没有萧条气息。

我们去奥塔哥大学城，去了被认为全世界最陡的道路，或者说坡度最大的路，正确的应该19.2度。你想一想，90度是垂直的，19.2度是什么概念，要知道不是几步路，有好几百米长呢，就是走上去也很费劲，这与登山走石阶还不是一个概念。我与冰峰走走停停，拍拍照，走到了顶端。沿路两边都是居民住宅，基本上是铝合金与木板拼装的房子，可以拆卸。我们在上去时，看到有车子艰难地上来，是回家的。真不知这些住户怎么想的，住这儿，每天出门多困难、多危险，图什么呀，难道就为了告诉他人我住在世界最倾斜的街道？弄不懂。

顶端有凳子，可以休息。我见到有三位新西兰青年在那儿玩滑板，从这儿的高处滑下去，确乎要点胆量与技巧，闹不好，摔个鼻青脸肿，头破血流还是轻的，摔个断手断脚也不稀奇，送命也不是没有可能的。但那三位小年轻就是敢玩命，玩的就是心跳，玩的就是冒险。只见他们三人一个接一个像射出的箭一样向坡下急速滑去，一眨眼功夫就到了坡下，但并不是回回顺顺当当，偶尔也会摔得四仰八叉，让我们看的人吓得心都要跳出来。最不可思议的是，有一位还带了一只身材硕大的狗，人与狗一起从坡顶冲下去。

看了一会，我与冰峰从坡顶下去。坡下有个小店，专卖纪念品，店主是土生土长的新西兰华人后裔，祖籍广东，老板娘广西人，见到会中文的可以交流，真开心。凡上过坡顶的可花新西兰元1.5元买一份小的证书，花2元可买份大的证书，证明你去过世界最倾斜的路了。因为好玩，我与冰峰各买了一份，也算是个纪念吧。这儿还有斜路的明信片，0.8元一张，这自然要买。

下午去东海岸第二大渔港海滨城市奥玛鲁，主要是去毛利基石沙滩看巨大的圆形火山石。我去过新疆、云南等好几处火山喷发后的遗址，看过形状很怪异的火山石，但像毛利基石沙滩上散落的圆石头，还是第一次见到。但见海滩上，这儿一两块，那儿七八块，甚至十几块；有的在沙滩上，有的在海水里；有的聚在一起，就像一窝似的，有的一字儿排列有序。这儿的石头有三大特点，一是巨大，导游说每一块石头重约四吨左右；二是滚圆滚圆；三是圆石的表面有花纹，酷似龟背的纹路，也有点足球的花纹。关于这些圆石何时形成的，现有三种说法，我们带队的导游说是四百万年前火山爆发后所形成；国内的新西兰旅游广告上一说四万年前形成的，一说六千万年前形成的，相距实在太大，不知该信谁好。一种说法，石球因为在海边，千万年来，被海水冲刷，被风沙打磨，在岁月的风风雨雨中，最后变成了如今的圆球状。还有一种说法，这圆球的形成与珍珠的形成是同一个道理，那就是由小变大，慢慢积累而成的。我不是地质学家，不知哪种说法更接近事实。

这大圆石的中间是什么呢？很多游客很好奇，上天很理解游客的心理，特意让其中一两个一人高的大圆石龟裂为大大小小的石块，让游人看个够。原来里面比外面好看得多，有灰色的，有黄色的，有咖啡色的，有白色的，有淡绿的，像玉石质地，犹如蛋黄，色块与色块之间的隔断，就像经脉似的，总之给人有生命的感觉。

来自中国的我们会联想到恐龙蛋，样子有类似，只是如果这也是恐龙蛋的话，那这恐龙一定是世界上最大的动物，超级巨无霸。

有游客爬到圆石上去拍照，但如果没有人帮忙，要爬上去还真不那么容易。当然如果爬到海水里的圆石上，拍出的照片肯定效果不一样，只是得脱鞋赤脚才行。我观察了一回，发现海水有涨有落，在海水退下去的几分钟内，动作快，能爬上圆石。我与冰峰说好，一个上去，一个拍照。分好工后，我瞅准海水退了，助跑加冲刺，猛地跳上了圆球，等海水再次回来时，小半个石球在水里了，这时拍出的照片，就达到了我预想的效果。等潮水再一次退下时，我跳了下去，让冰峰跳上去。

有一个圆球在海水里，已裂开了，那裂开的部位，正好可以容纳一个人在其中。这样拍出的照片，人一半在石球里，而石球一半在海水里，但去这个球要点勇气，要点本事，要从这个球跳到那个球，最后跳到那裂开的球凹中，稍不留神就会掉海里，虽无生命之忧，衣裤尽湿却难免。我看到多位游客湿了皮鞋，湿了衣裤，但都无不乐呵呵的，玩得兴头十足。就连有些上了年纪的，也在"老夫聊发少年狂"。我孩童时代是弄堂里出了名的野孩子，哪有不敢的，如今年纪是大了，但基本功还在，几个跳跃，就跳进了石球凹里，我高举双手，舞动着拍照，仿佛孙悟空从石头里蹦出来的。

晚上去看蓝企鹅与黄眼企鹅从海里回巢，我们吃了晚饭后20:00左右早早去海边抢占好位置，以便看得更清楚点。在奥玛鲁的一处海边，有9排座位，专门供人观看企鹅的，就像体育场的看台，估计能容纳300人左右。为什么是在这里呢？我观察了一下，这是一个山岬，是鸟类理想的归宿环境，除了企鹅，其他的雀鸟也看中了这个小小的山头，鸟窝众多，这个山岬独特的地理位置使之成了鸟类与企鹅等海洋动物的天然乐园。

等呀等，等得心焦，唯听到海水拍打礁石的声音，唯见到黑黝黝的海面。天完全黑后，大约20:45时，突然有人轻轻喊道："上来了，上来了！"我们紧盯着海边的礁石，果然看到一只企鹅一跳一跳，跳上礁石，然后，摇摇摆摆上岸了，后面又跟着十几只，打头的上来后，往往要等后面的都上来后再往岸上走。小家伙的动作很慢，这倒符合现在提倡的慢生活，蓝企鹅只有中等鸭子大小，一两斤重，比我们电视里看的南极的帝王企鹅小多了。海滩虽有灯光，毕竟暗淡，企鹅毛色好像有点蓝色，腹部是白色的。他们上岸后，各回各的巢。所谓巢，大部分是人工的，在海滩上的石头中间有一个又一个的巢。这些巢高高低低，前前后后，有的连成一排，有的层层叠叠，也不知这些小家伙凭什么找到自己的家的。也有个别的上来后，好似晕头转向了，不知自己的巢在哪儿，转来转去找不到位置；也有的上来后，还不愿马上回巢，还溜达着呢；还有一两只不知咋搞的，昏头昏脑走到了我们看台处。有意思的是，大多企鹅走到巢前，往往要伸伸腰，互相亲热一下，叫几声，再恋恋不舍地进各自的巢。那叫声有的如鸟叫，有的如羊咩，有的如小孩的哭声。那企鹅是一拨一拨上来的，偶尔也有单只的，最大的一群看到18只，有心人"一二三四"地数着，说是看到80多只。有眼尖的游客看到海滩上有一只海狮，趴在一块礁石上并不上岸，看来它就在那礁石上过夜了。海狮也是一种聪明而有灵性的海洋动物，很受游客的喜爱，特别是深受小朋友的偏爱。通常我们都在动物园或水族馆、马戏团才能看海狮，现在我们看到的自然界野生的海狮，毕竟是不一样的，只是按规定所有的观众不能发出声音，不能走出看台，不能用闪光灯拍照，怕打扰这些可爱的小生灵，所以没有留下照片，不免有点遗憾。

21：30，我们离开这里回宾馆。

**2010年3月5日　星期五，天气晴一雨**

6：45起床，早餐后，8：00回基督城，途经艾斯伯顿，在一个农村停留了一下，重要收获是见到了驼羊。这是中国所没有的动物，驼羊驼羊，顾名思义就是又像骆驼，又像羊的一种动物，其看身子像羊，看头部像驼，最引人注目的是它有一个长长的脖子，高约 1.2 米。驼羊是南美特有的物种，在南美是非常出名的一种动物。大约在 1000 多年前驼羊就被驯化了。但野生驼羊在 16 世纪后期就灭绝了，这全是人类杀戮的罪孽啊。因为稀少，就珍贵，我国的动物园也少有其踪迹，我算开了眼界。由于第一次见到，很想好好拍张照，但尽管圈养的，远远拍总觉效果不佳，要想把驼羊吸引到跟前，唯一的办法是去买饲料，有自动售货机，把一个新西兰硬币塞进去，一小包饲料就出来了，我也买了一包，把饲料倒在手心里，引诱驼羊过来。在挡不住的美食诱惑下，两只驼羊一前一后过来了，后面的一只像大熊猫似的，以白色的绒毛为主，还有黑色与咖啡色的色块，真的很漂亮，我就希望这一只过来合影，没想到有一只长得奇丑，毛色肮脏的跑在了前头，当那只驼羊头伸过来想吃我手里的饲料时，我本能地把手缩了回来，我想给后面的一只吃。万万没有想到的是，这只没有吃到饲料的驼羊生气了，它猛地一下把满口的唾沫喷到了我脸上，一股膻味，边上的游客笑翻了，但谁也不敢小觑这驼羊了，更不要说戏弄了。我连忙到水龙头处，冲洗了一遍。看来这驼羊的智商不低，看来动物也要尊重，是我的错。

路上，听导游说了三个故事：

1. 有位老人花几十年时间收集了无数的鲍鱼壳，一一抛光后，装饰在自己的屋子上，让人参观，他儿子贪财，卖了这所房屋。后博物馆再买下，重新翻修，供人参观。

2. 有一草场，有成百上千只鸟，有只天堂鸭受了伤，有位好心的老太太为之疗伤，救活了它，天堂鸭不肯走了。时间长了，老伴有意见了，放生，又飞回，最后在南阿尔卑斯山口再次放生，让其回归自然。

3.去年，南极冻死了十万只企鹅。习惯冰天雪地的企鹅怎么会冻死的呢？难道温度太低？非也。是气候变暖，南极下雨了，企鹅的羽毛淋湿了，晚上结冰，就此冻死。

三则小故事，随手记之，也许是日后创作的素材。

12:30 回到基督城，去潮州饭店吃中餐。

饭后，去植物园，百年千年的古树随处可见。有些叫不出名的果树，结满了果实，也没有任何人去偷采。有草坪，有河流。有野鸭，有各种鸟儿，无不自由自在。里面好大，我们竟迷了路，转了一大圈才算找到出口。

出植物园，再去凯特博雷博物馆，陈列有毛利人的历史介绍，图文并茂，还有木乃伊等。没有汉字，只能看看图与实物，走马观花一番。

再去美术馆，现代艺术品居多，有用包装盒叠出来的图案，有用无数日光灯构成的图案，有用三角裤构成的图案，抽象的，具象的，花花绿绿，奇奇怪怪，有看得懂的，有看不懂的，以我们的审美，有的能接受，有的无法接受。

导游送第一批游客去飞机场，我们第二批去机场，期间还有一点时间，导游把我们几个在一豪宅区门口放下，说这豪宅区很值得看，让我们穿过豪宅区到后门，等他的车来接。这么高档的豪宅区也不见物管，确切地讲不见门卫，我们大摇大摆地进去了。这里好大，简直就是个大公园，有占地面积不小的玫瑰园，有池塘，有河流。我们沿着河，边走边看，有参天的大树，有碧绿的草坪，有成片的入腊红，有满池的睡莲，有成群的鸟儿，有悠然自得的野鸭，还有雕塑。河对岸是一幢幢小别墅，建筑风格各个不一，色彩也各个不一。我们看着走着拍着照，等到了后门，一点人数，少了澳大利亚的李侃。我跑得快，就自告奋勇去找，一直找到进门口的一个水边小亭子才找到他，跑得我气喘吁吁。原来李侃只记住了在门口集中，没有听清在后门口集中。他一个人在前门口不见其余人，知道有问题了，但不敢走开找我们，怕走岔了更找不到，应该讲，李侃是明智的。

17:15 导游车来，在飞机场，我的行李被查，原来是那两块石头惹的祸，还好，那安检人员看了半天后放行了。但进候机厅后，再次被查，认为包太重了，又叫来一位年纪大的机场人员，可能是负责人吧，他拎了拎，最后又没事了。我也很坦然，能带就带，不能带就扔，反正是河滩上捡来的。

新西兰的航班上是没有免费餐供应的，要自己买的，吃了饼与可乐。

下飞机后，没有人来接。赶快与冼锦燕电话联系，原来她记错时间，来机场后，发现来早了，又回去，等再过来就晚了点时间。冼锦燕与她的前夫来接的，来了两辆车，接我们到明星酒家吃晚饭。

饭后，到冼锦燕家，我与赵智夫妇、李侃等都住在她家。冼锦燕是侨领，现在独身，一幢别墅，有多个房间。我单人住朝南的一间。冼锦燕拿来了 3 月 4 日的《新西兰联合报》《先驱报》《华页》等多张报纸，刊登了会议的照片与报道，其中有我在会议期间的 6 幅照片。冼锦燕还给我们每位客人送了一块羊皮垫子。

### 2010年3月6日　星期六，天气晴

冼锦燕说今天是周末，要搞个聚会，邀我们几个一起参加。我海外去过多次，也去过美国、新加坡、文莱等多个国家的华人家中，但华人聚会还没有参加过。我很期盼，想看看华人在海外到底怎么生活的，毕竟我是侨务办公室的副主任，干的就是这份涉外工作，多了解一些，对我开展工作有帮助。

冼锦燕的家是平房,有个院子,容纳五六十位客人是没有问题的。不知是否为了便于聚会,院子里铺了地板,有两把大的遮阳伞,有几十把椅子,可休息聊天,在靠屋子的一边放了两张长的台子。还有一只很大的烤箱,看来是专门为聚会准备的,因为一般住家,就算四代同堂,也用不着备如此大的烤箱。

冼锦燕去超市采购了几大包的鸡腿、鸡翅、牛肉、香肠等,还请了专人负责烧烤,来聚会的只要带嘴就可以了,想得真周到。

说好是晚上来吃晚饭的,按国内不成文的规矩,如果 18:00 吃晚饭,提前个半小时,也就算很尊重主人了。当然,这是聚会,稍早点来也是应该的,大家一起聊聊嘛。但我万万没有想到第一位客人 12:30 就来了,之后,陆陆续续有人叩响大门,下午一两点钟的时候,已到了二三十位。有一个人来的,也有夫妻双双来的,还有带儿子、女儿与孙子、孙女来的。来者几乎个个带一个自己烧的菜,有叉烧肉,有红烧排骨,有熏鱼,有葱爆虾,有五香鸭,有烧鹅,有烤麸,有小点心,林林总总,花样繁多。来后,就把自带的菜放到了院子的长桌上。原来,他们有个约定,凡来参加者,每家要带个菜来,必须是自己烧的,有点类似国内的"劈硬柴""吃讲聚"那意思。这样,召集人就不用破费太多,来者也心安理得,不欠多少人情。因为大伙儿来此聚聚,主要是有个机会聊聊、扯扯,交流交流感情,互相通通信息,吃已是其次。当然,每家一个菜,无形中也有了评比的意思,大家会自觉不自觉地品头论足,说某阿姨的菜色香味俱佳,某大嫂的点心有特色,被夸的自然有一种满足感、成就感。

我见到了大卫王、艾斯、穆迅、翁宽、鲁汉等。我一见鲁汉,怎么好眼熟,应该在国内见过,名片一交换,真名董贵昌,我想起来了,上世纪 90 年代在宝钢参加一个文学活动时见过,还是位企业领导呢。一聊就熟了。

我与冰峰夫妇来自国内，这些移民自然要问问国内的情况，我们尽自己所知，一一告知，还拍了不少合影照。后来就边吃边聊，就像自助餐，爱吃什么拿什么。我饭量小，又不爱吃烧烤的，就浅尝辄止，但这种氛围很好。

也有晚到的，凡晚到的，一进门就打招呼，表示歉意。也有先走的，说家中或单位有什么要紧事，不得不先回。

除了院子里聊天的，还有在室内看电视的，还有跳舞的、唱歌的，大家很放松，好在不是楼房，房子又大，别墅是独立的，一般来说不会影响邻居。

晚上六七点钟后，有人陆续回去，但还有好几位根本不想走，一直到深夜12点后还没有回去，大约到凌晨1点才算全部走了，聚会真正结束。

我想起了聊天时，有人告诉我的一副对联，国外："好山好水好寂寞"，国内："好脏好乱好快活"！——太传神了。我聊天时还听说，新西兰的人比新西兰的牛羊少，地广人稀，热闹不起来，这些移民到新西兰的中国人有些还语言不通，很难融入当地的主流社会，日常生活圈里华人又少，自然寂寞。既然如此，为什么移民？无非是社会福利好，生活有保证，自由，法治，有安全感。

### 2010年3月7日　星期日，天气晴

去一农场，在一个大厅里，观看表演剪羊毛，中国游客占了一半。有一位男主持人，在他的指挥下，有19只绵羊上台，各就各位，有位女助手把19只羊都用链子扣在台前的铁栏上。好雄壮的羊，只只膘肥体壮，威风凛凛。19只，19种品种，像我们外行，只能从羊的角、羊的外形来区别那些细微的差异，根

本无法判断哪只羊来自哪个国家或地区。

那主持人口若悬河，滔滔不绝，讲起了有关羊与剪羊毛的知识与故事。据主持人讲，在一次剪羊毛比赛中，有位高手一天剪了400多只羊，平均45秒剪一只，不佩服不行。

有一位剪羊毛高手出场了，用电动剃刀，三下五除二，十分麻利地把一只羊的毛剪下了。主持人把羊毛扔下台，让游客传看，以检验质量。

主持人还请了几位游客上去，我也有幸被叫了上去，下来时每人发了一张证书。

主持人又说这羊毛拍卖，从50元新西兰币开始竞价，最后拍到270元，一个日本女孩出的价。

剪羊毛结束后，去室外草坪上看挤牛奶，挤奶的先把自己的双手搓热，再去挤奶，那奶牛的奶一条线直飙出来。主持人请现场有兴趣的上去试一试。我也去了，主要是为了拍张挤牛奶的照片。

接下来表演牧羊犬赶羊群，上来一只黑色的牧羊犬，它跑前跑后，很快把一群羊驱赶进了指定的铁栏杆圈内。又放出三只白色的鸭子，牧羊犬再次驱赶，那三只鸭子竟然连叫也不敢叫，乖乖地被赶来赶去。主持人叫子一吹，上场一只看上去模样挺凶的牧羊犬，上来后乱窜乱叫，但在主持人的指挥下，叫它坐下就坐下，它与主持人对峙着，再不敢乱动。又上来两只牧羊犬，都跳到羊背上，有一只很友好地舔着羊的脸，那羊动也不敢动，估计被这种所谓的"友好"吓坏了。

还有一个节目是给小羊喂羊奶，有四只小羊需喂奶，通常上去的是小孩，每人发一只奶瓶，放到小羊嘴里，让小羊喝。有中国的父亲或母亲陪孩子去喂小羊喝奶。有位父亲竟然自己喝了起来，引得哄堂大笑。

乘缆车去吃饭，自助餐。

饭后去看温泉喷发，这是火山遗迹，间歇性喷发，每隔20分钟左右就喷发一次，可喷十几分钟之久，喷二三十米高。共有三个观看点，不能靠得太近，怕有危险。人还没有走近就能闻到一股浓烈的硫磺味。这喷泉刚开始喷的时候，水量小，水柱低，也慢，越喷水量越大，越喷速度越快，越喷水柱越高，并发出轰隆隆的响声。喷发时，犹如放礼花弹，温泉四周就像下雨，雾气弥漫，掉在脸上热腾腾的。十几分钟后，越喷水量越小，越喷速度越慢，越喷越低，最后只有水汽冒出，那喷发后落下的水都流向了河床，水流过处，寸草不生，全是硫磺结晶。

看这温泉喷发，有形有味有声，那水那汽那雾，与周边的树、周边的石、周边的河，以及天上的云，构成一种立体的景，美不胜收，奇妙不已。

再一个游玩项目是去参观考察毛利人的村落。路边有松树屏障，厚厚的，像城墙似的，不是入口处，很难进入。毛利人在新西兰也算少数民族，是新西兰颇吸引游客的一个招牌。关于毛利人从哪里来的，说法不一，一种说法是大约于一千年前由太平洋中部的哈瓦基乘木筏迁徙而来的；另一种说法认为台湾的高山族是毛利人的三大祖先之一。不知是否我们来自中国，导游很强调这点。我仔细观察了，毛利人还真的与台湾的高山族人在长相上有相似之处，在生活习俗上也有相似之处。

我有个新西兰的文友、作家林爽定居新西兰多年，她就是一位研究毛利人文化的专家，写过不少有关毛利人的考证文章，还出过专著。

我们去几个小时，充其量是走马观花，就我看到的，印象较深的有毛利人的碰鼻礼，以及纹面，过目难忘。他们的碰鼻礼相当于中国古人的作揖、中国现代人的握手、欧美人的拥抱或贴脸，应该算一种礼节。纹面则属于审美范畴，应该与他们先祖狩猎有关系，表示自己强大，吓唬动物，后来演化为美容，就像现代社会的女性要涂脂抹粉一样的。只是毛利人的纹面在我们看来，怪怪的，他们的审美与我们对美的理解实在有太大的距离。看来美是因人而异的，各个民族有各个民族的审美要求。

毛利人开始只有语言，没有文字，有文字是后来的事。他们可能祖辈在海上讨生活，所以航海技术一流。据说是毛利人把狗、老鼠、番薯等带到了新西兰。

还有一种说法，1769 年英国的库克船长到达新西兰，把猪带到了这儿。但新西兰现在号召不吃圈养的猪，说是圈养对猪不人道，肉也不好吃。这在中国人听来简直天方夜谭，在我们中国大概除了西藏的藏香猪，与那些偏远地方还有散养的猪，哪还见得到非圈养的猪？能吃到非人工饲料喂养的猪就算上上大吉了。

在喷泉后有毛利人的酋长堂。我们去一较大的屋子，有专门的表演，只见一个女毛利人在台上说了一通毛利语，请一位新西兰人上去与她对话，上去后，先来吻鼻礼。突然冲出五男四女，其中一年轻的纹身小伙子拿着根木棍，直接冲到新西兰人面前，很凶相地哇哩哇啦叫了几句，有点恐怖，胆小的当场就吓懵了。之后，把新西兰人迎进去，要脱鞋，还挺讲究的，不过屋里有地毯。那些毛利人每人手里一根木棍，一个敲击发出声响，一个念念有词，最后一齐颂唱，算是一种礼仪吧。

我发现毛利人男的上身都赤裸，几乎个个纹身，还赤着脚，头发扎着小辫子，有一半黄色一半黑色的，女的身材都和柏油桶似的，不知是否以胖为美的缘故。她们头上插着羽毛，脖子上挂着玉饰件或贝壳饰件，穿着竹帘子样的裙子，弹着吉他，唱着舞着，毛利人小孩则坐在地上，用木棍敲击助兴。那舞者不时拍胸拍腿，吐舌做怪脸，可能与他们早期习俗有关，在看到动物或其他部落的人时，做这些动作，有恫吓对方的成分与性质。

我买了一个毛利人的木雕，23.5 新西兰元。

我们去一湖边，有一百多只黑天鹅与野鸭子，数百只海鸥。导游有备而来，带了饼子，弄碎了喂海鸥。抛在空中的话，一大群海鸥就在空中抢食，有的还发出"嘎嘎嘎"的叫声。夕阳映照下的湖畔，但见数不清的海鸥在你头顶、在你四周飞来飞去，那种情景、那种感受真是妙不可言。什么叫人与自然的和谐？这才是啊。

湖边的草坪上处处是海鸥在踱步，湖水清澈见底，水面上有一种叫不出名的水鸟，个子不大，数量极大，但都把头藏在翅膀里睡大觉，随着风浪漂来漂去，全然不理会我们带来的美食。

爱鸟者在这里观鸟，根本不用望远镜，摄影发烧友在这儿拍照，随便按快门，保证有理想的。

湖边有两架直升飞机，可以空中观光，70 新西兰元乘一次，可在湖上绕一圈，一个人与两个人是一样价钱的，除驾驶员外，还有两个观光位置。赵智很想上天过把瘾，就拖我一起去，乘就乘吧，直升飞机我还真没有乘过。

我俩交了钱，就被带到湖边的一处直升飞机的平台，上了飞机，锁上保险带。直升飞机发动时声音很大，螺旋桨一转，很快升到了半空，在噪音的伴奏下，其实并不很舒服，但空中俯瞰大地的感觉真的很奇妙。直升机先绕着湖转着，可以看到陆地的景色，那树、那房都像童话世界里的东西，都像小人国里的东西。从空中看属于俯视，与地面看的平视完全是两个概念，两种不同的效果。后来，直升飞机又飞到了湖面上，湖水的颜色在俯视中发生了变化，有绿的，有蓝的，有浅蓝，有深蓝，像图案。这湖周边有温泉，硫磺含量很高，有些湖边因硫磺的大量溢出，形成了硫磺结晶，一片片，发黄的。

飞机飞得很稳，在空中大约六七分钟时间，值得。真想自己去操纵开一会儿。

回到宾馆，再去温泉泡澡。25新西兰元泡一泡，比国内还便宜呢。新西兰的这处温泉的特别之处在于是半露天的，泡温泉时，那温泉在湖边，人在温泉里，等于在湖里，直接面对着湖面，好爽的。有两人一间的，有单人的，我泡的是两人间的，与冰峰一起。这是真正的温泉，有硫磺味的温泉。泡了一会儿，冰峰说要去游泳，又去室内的游泳池游了一会儿。

## 2010年3月8日　星期一，天气晴

7: 30起床，8: 30出发。

沿路看到大片人工林，是飞机播种的，十几年就能成材的速成树种，据说已被中国人包了，用作造纸原材料。

先去看了一个地热发电厂，到处都是管道，那管道又粗又大，与火力发电厂有高耸的烟囱、巨大的冷水塔完全不同。我曾在煤矿的坑口发电厂干过20年，对电厂多少有点感情，这种利用地热发电最节省能源，还环保，可惜这种资源可遇而不可求。这儿的地热与温泉是连在一起的，开发成电厂，真正是生态，造福老百姓啊。

再到陶伯湖，说是湖面有新加坡大，也不知真假，姑且听之吧。水很清，可以直接饮用，真让人羡慕。在国内，可以直接饮用的湖水，我还真不知道哪里有。

水面上，天空中到处可见野鸭子、野鸽子、鸥鸟、麻雀等，都不惧人，即便你走近也不飞走。坐在湖边的长椅上，这些小精灵还会飞到你脚边，甚至你身上。

陶伯湖下方有个峡谷，两岸都是百年古松，绿得浓烈，青得靓丽，景色绝佳，沁人心腑。上游的水冲下峡谷时，浪花飞

溅，震耳欲聋。有意思的是，上游的水嫩绿的，冲过了峡口时，像洗衣液，呈乳白色，无数的水泡，过了峡口，那水趋于平稳，就变成蓝色的了。有点类似黄河的壶口瀑布的地理条件，突然收口，落差 9 米，形成一个巨大的瀑布，水的流量大，导游说每秒钟的流量为 230 吨，是水力发电的理想之地，占整个新西兰发电量的百分之二十五。

中午去吃虾，用地热厂的温水养殖的，导游介绍怎么好吃，但价钱老贵的，116 新西兰元，没有多少虾，再配些饼、生菜等，挺简单的一顿饭。说实在，我吃不出什么好。

饭后去怀托莫萤火虫洞，很有名的。这洞在奥克兰南边 160 多公里处一个叫怀托莫的小镇，这洞的发现也就 120 来年，是当地毛利人发现的，怀托莫就是毛利语，解读为"绿水环绕"。因为在毛利人的地盘，进门处竖立着毛利人的巨大木雕，与毛利人的图腾崇拜有关。

进洞要乘船进去，为了不破坏洞内的环境，不惊动这些可爱的小精灵，进洞有若干规定，譬如不准吸烟，不准打手电，不准拍照，特别是严禁用闪光灯，还不准发出声响，更不要说大声喧哗。

那木船真正是无动力船，不用橹不用桨，也不用篙，更不用发动机，而是拉着绳子进去的。一位女工作人员站在船头，伸手正好可以拉住伸向洞里的长绳，黑暗中，她拉着绳子，让木船悄无声息地滑进去，静得只有滴水声。慢慢，我们的眼睛有点适应黑暗了，隐隐约约可以瞧见是一个巨大的溶洞，上面是石头顶，下面是水。"看到了！看到了！"有人压低嗓门说着。果然，在黑暗中可见头顶有几个星星点点，发出蓝幽幽的光，再往里去，星星点点越来越多，再后来，就成片成片了，用"成千上万"，用"满天繁星"来形容也不为过。黑暗中的欣赏，无声中的欣赏，非常的奇特，人生难得的体验，有人甚至把这种自然奇观称为"世界第九大奇迹"。不管这说法是否夸张，或者说纯属个人喜好，但新西兰的这萤火虫洞真的值得一看，因为这世界上有蓝色萤火虫的地方毕竟为数不多。

# 澳大利亚日记

## 2010年8月26日　星期四，天气晴

浦东机场19:15飞澳大利亚墨尔本的航班，因所谓的空中管制延误了两个小时才起飞。冰峰从北京到上海，再一起飞澳洲。

我吃了一粒晕机药，有安眠作用，一觉睡到第二天5点左右。冰峰毕竟年轻，身体扛得住，每次都在长途飞行途中看电影、电视。我睡过一觉后也睡不着了，就一起看电影打发时间吧。冰峰在翻看电影目录，我看到有张艺谋的《三枪》，媒体炒得很厉害，平时哪有时间看，长途飞行没事可做，就看《三枪》吧，看看老谋子到底拍了些啥？——谁知整个俗不可耐，我都怀疑这真是张艺谋拍的吗？他这岂不有点自我糟蹋形象？

9:30抵墨尔本机场，澳大利亚的华文作家吕顺与澳大利亚新疆华人协会会长佟雷生来接机，住市里一宾馆，422房间，与冰峰一室。

在一家中国人开的饭店吃了一碗鸡汤面，回房间洗个澡，休息一会儿。

来前听说中国是夏天，澳洲就是冬天，气候正好相反。我离开上海时正是大热天，以为墨尔本会很冷，还算好，即便不穿毛衣也无妨。

送吕顺一本我的微型小说集《天下第一桩》与《江苏微型小说》，他在中国微型小说学会年度评奖中获三等奖的证书我也给带了来，交给了他。

16: 30 吕顺来, 陪我们去市区观光, 墨尔本的公交车很有意思, 分红色、蓝色、绿色的三种, 红色的是免费的, 主要给外国的游客乘的。绿色的, 属老式车。

晚上, 吕顺带我们去了一家自助餐厅, 墨尔本《大洋时报》请客, 来了大洋洲文联主席陈静, 她投拍过纪录片《陈静日记》, 编剧、导演、制片人一肩挑, 该片在央视、凤凰卫视及国内多家省市卫视播映过。因为陈静是浙江人, 所以担任了浙江省政协委员。另外有陈彪、王平等, 还有一个旅澳女作家, 四川泸州人, 笔名一如, 她送了一本书给我。其中有位国字脸的, 我看着脸熟, 总觉在哪见过, 后来一介绍说他叫达奇, 我立马想起来了, 是位著名电影演员, 主演过《吉鸿昌》, 我印象颇深。当然, 他还在《边寨烽火》《独立大队》《景颇姑娘》《车轮滚滚》《熊迹》《渔岛怒潮》《倔强的女人》等影片里扮演角色, 后来还导演过电视剧《桥隆飙》等。一问, 才知达奇上世纪90年代初移居到澳洲, 现在担任大洋洲文联常务副主席, 还是电视台的主持人、华文报纸的专栏作家、电视栏目《大师的对话》总编导, 也是澳大利亚达奇文化影视传媒公司的董事长, 反正头衔一大串。

我分别送了书给他们, 送了我姐夫王诗森的书法作品给报社。

这家自助餐厅看来很有名, 客人一批又一批, 生意极为火爆。食物与菜肴的品种很多, 随你什么口味都能找到你喜欢的东西。胃口大的在这儿吃很划算, 用一句很俗很土的话说: 吃出本钿来。

我见到有位中年男子大概很喜欢吃生蚝, 专门等在那儿, 等服务员把生蚝倒出来, 他就以最快的速度全弄到了自己的盘子里。因为生蚝贵, 每次服务员只拿20多只, 不多拿。这样一来，其他想吃的人就只有干瞪眼，不过其他人的素质都挺好，朝他看看，最多耸耸肩，表示一下无奈而已，没有人说这位中年人，更没有人与他争抢。生蚝壮阳，那位仁兄为了壮阳，如此急吼吼，实在有点过了。

饭后，回去的路上，路过著名的皇冠赌场，我们进去走马观花了一番，好大啊，有目不暇接的感觉。

今天的《大洋时报》以整版的篇幅发了我撰写的《为澳华文学立此存照的何与怀》一文。

## 2010年8月27日　星期五，天气晴

8:00 起床，下楼吃早餐。

10:00 吕顺来陪我们去乘红色观光车去新区参观市容市貌。

中午，去龙舫皇宫吃中饭，黄庆辉会长请客。除了吕顺、温凤兰，还来了欧阳昱、潘华、沈志敏、傅红、子轩等，后来又到了当地侨领雷谦光。大部分都是新朋友，潘华是现任澳洲华人作家协会会长；沈志敏发表过上百万字的作品，是澳洲华人作家中写得比较勤奋的一位；傅红、子轩是一对伉俪，女性名字的傅红先生是著名油画家，男性名字的子轩女士属于职业画家，业余作家。傅红的画在欧美市场很受追捧，他还设立过傅红文学奖；欧阳昱我在 2002 年美国伯克利加州大学的一个研讨会上见过，他是《原乡》的主编，算是有过一面之交的文友，这次重逢，彼此都很高兴。

饭后，去了国会大厦，澳洲联邦政府成立时就有了，200 多年历史。在国会大厦门口，我们遇到一群女中学生，很是可爱，冰峰提出与之合影，那群女学生欣然同意，就一起拍了照片。

之后，再到市中心的菲茨若伊公园，去参观库克船长的小屋。说小屋，真是小屋，很普通，木石结构的一幢平房，无甚特

色，就是屋墙上爬满了绿色的藤蔓，放在欧洲的任何一个乡村都可以，都不显眼，唯一能引起游人注意的是这小屋有年头了，有古旧感，有沧桑感。就是这样一座小屋，却大有来头，属于澳洲历史的坐标。

读过澳洲历史可以知道，最早发现澳洲的欧洲人就是库克船长。大约在240多年前，也即1768年时，库克船长的"奋进号"发现了这片新大陆。严格地讲，库克船长是个侵略者，因为他上岸时向当地土著开了枪，才把米字旗插上这块土地的，并宣布这儿为英国的属地，而不像600年前，我国明朝的郑和是个和平使者。但历史有时就是这么奇怪，没有烧杀抢掠的郑和被那些土著遗忘了，侵略者因为开了枪，杀了人，夺了他们的土地，毁了他们的家园，记忆太强烈，回忆太惨痛，反而被记住了。最滑稽的是，墨尔本建市100周年大庆时，也就是1934年时，澳洲有位实业家拉塞尔爵士不知出于何种心理，出巨资，到英国把库克船长的故居买了下来，拆卸装船，运回了澳洲，说是作为礼物送给墨尔本市民，而墨尔本市民竟然接受了，还在市中心位置让出土地移建这小屋。用现在的话说就是澳洲人在黄金地段安置了这小屋，辟为景点，以示纪念。

小屋的门前有棵高大的古树，也许几百年了，那茂密的树冠反衬得小屋更小了。倒是小屋边上立着的库克船长紫铜雕像，很伟岸、神气。船长头戴三角军帽，身穿紧身衣裤，一手持航海图，一手持单筒望远镜，似乎在遥望发现的新大陆，似乎在考虑是否马上登陆。

据我知道，在历史上，澳洲这片土地还曾经作为英国的海外犯人流放地。澳大利亚的国庆节就是当年第一批英国流放犯人的船队到达悉尼港的日子，时在1788年1月26日。而库克船长竟成了澳大利亚的建国之父，历史有时就是这样让人无语。

回宾馆的路上，吕顺带我们去了一个水果超市，那超市里的水果真多，多到让我与冰峰眼花缭乱。好多水果不要说没有吃过，连见也没有见过。吕顺说：你们喜欢吃什么就买什么，尽管拿，不必客气，还说澳洲的水果很便宜的。我与冰峰受这些红红绿绿的水果的诱惑，也就老实不客气地看了起来，挑了起来。我们俩想，苹果、香蕉、菠萝之类在国内都吃得到，要挑就挑些没见过没吃过的。我们看不懂标签上的字，也不知叫什么水果，反正没见过没吃过的，个小的每样两个，个稍大些的，拿一个，总共拿了六七样，无非尝尝澳洲水果什么味。

回到宾馆，我与冰峰就吃起了水果。说句心里话，味道真的不咋样，老实说，每样水果没有一样是全部吃完的，有的咬了一口就吃不下去了。几乎都是怪味道，或酸酸的，或涩涩的，或淡淡的，与我们吃惯的香香的甜甜的苹果、香蕉不是一个味，或者说，远不如常见水果、常吃水果味道来得好。我与冰峰都不敢与吕顺说，他花了钱请我俩品尝澳洲水果，我俩却吃一半吐一半，最后扔一半，罪过罪过。

由此我想到那些常见的水果如苹果、香蕉等，肯定是我们的祖先在遍尝百果后选定的最佳水果，这种选择应该是先人比较后的结论，是智慧的结晶，这给我若许启迪。

16：00，吕顺带我们去 SBS 国家广播电台，去演播厅接受采访。采访我俩的是电台普通话节目监制胡玫，她也是澳大利亚著名的华人主持人，也是作家。她主要采访我，无非问些文学创作方面的问题，我着重谈了微型小说方面的情况，向澳洲的听众介绍些中国微型小说文坛的信息。冰峰谈了几个诗歌创作方面的问题，大约到 18：00 结束。

晚饭还是到龙舫皇宫去吃，是此次墨尔本华人作家节的总负责杨锦麟宴请，但他身体欠佳，正住院，就让胡玫出面代为宴请。来了澳洲华文作家协会创会理事、世界越寮华人中国和平统一促进会副会长黄潮平，与王惠元、潘华，悉尼的何与怀、黄庆辉，以及南澳的郭燕。郭燕出版过微型小说集子，我知道她名字。何与怀博士是澳洲华人中的名人，系澳大利亚华人文化团体联合会召集人、澳大利亚悉尼华人作家协会名誉会长、澳大利亚中华民族文化促进会副会长，还是《澳洲新报·澳华新文苑》主编。

### 2010年8月28日　星期六，天气晴

7：00起床，8：30吃早饭，9：30吕顺来接，去新金山图书馆。新金山图书馆在墨尔本很有名，是华人的一个重要集聚场所，这次来澳洲最重要的活动就是这里了，我们应邀参加了由墨尔本中华国际艺术节、墨尔本华文作家协会、澳洲维州华文作家协会、澳洲华人作家协会联合主办的"墨尔本华人作家节"。中国驻墨尔本总领事沈伟廉也来了，与我并排坐第一排。

本届作家节副主席、澳大利亚SBS国家广播电台普通话节目监制胡玫与赵捷豹主持开幕式，胡玫代因病缺席的杨锦麟致辞。中国驻墨尔本总领事沈伟廉与维洲妇女儿童部长麦克辛·毛兰（Maxine Morand Mp）也先后致辞。

我作了关于微型小说创作、微型小说阅读与欣赏的主题演讲，冰峰则讲了有关诗歌创作的话题。有一百多人听讲，效果还不错。

我演讲刚结束，澳洲维州华文作家协会会长、世界华文文学副会长心水叫我去接受澳洲民族电视台的采访，说是做8分钟的节目。我到了楼下一间小会议室，摄像机已架好。心水是我1990年在新加坡首届世界华文微型小说研讨会上认识的，算老朋友了。他向我提了多个问题，诸如为什么能写出那么多微型小

说作品，为什么收集全世界的微型小说书籍与资料，以及对澳华文坛的评价等等。

吕顺来叫我上去，我与冰峰回答与会者的提问，各种各样的问题都有。我因经常在各地讲课，常常要面对提问，算是锻炼出来了，所以一点不怵。

因下午还有回答，中午就安排吃点心与饮料，所有来宾和与会者一视同仁，不分彼此。

下午，黄惠元、黄庆辉、何与怀、徐家祯等演讲，每人讲10分钟。

接下来是优秀作品朗读，胡玫是国家电台的播音员，朗读自然一级棒。又有作家上台来介绍自己刚出版的集子的情况。

这之后，拍合影照。碰到俗子等几位老朋友，送了我的签名本与茶叶等。

下午带去的书全部被索要完了，因闹哄哄的，最后书给了谁都不太清楚，但有人要书，总是好事吧。

晚上的宴请，文化参赞陈春梅来了，看上去三十出头点，很清秀、斯文。我与她竟很谈得来，聊得不错，送了一本签名本给她。

### 2010年8月29日　星期日，天气晴

早饭后，吕顺来，黄庆辉有车来接。

郭燕告别，回南澳了。

来到博物馆，门还未开。我就与赵智、吕顺、何与怀几个先去植物园转了一圈，拍了些照片。

再去博物馆参观，了解些墨尔本的历史。

再去唐人街的食为先饭店，中国古人说"民以食为天"，这儿来个"食为先"，也是一说。

今天中午是《汉声》杂志发行人罗崇华请客。罗先生是80多岁的老人了，对中华文化异常热爱，坚持贴钱办《汉声》杂志，往往过一两个月就会从澳洲打一次电话给我，或约我稿子，或催我稿子，因此多年来，每年12期的《汉声》杂志常常10期有我作品。我与罗崇华通过无数次电话，还是第一次见面。原本今天某报社要宴请我与冰峰，吕顺叫罗崇华合在一起算了，但罗老先生坚持要单独请我。在门口见到罗老先生，已腿脚不便，要借助滚轮的椅子才能挪步，罗老先生的一片真诚，真的让我感动。他还请了刊物的两位老读者一起来，说是这两位老读者常常读我作品，很想来见见我。要是在国内，这类请客首先要请当官的，看来在澳洲没有什么官本位意识，把友情放在了第一位。这饭也就吃得没有拘束，吃得很开心。罗崇华送了一本客家的杂志给我，我给他们送了我的集子与《江苏微型小说》。

饭后，罗老先生要我去他家看看，恭敬不如从命，就乘了车子前往。我以为他一定住豪宅，让我去参观，开开眼界的。谁知到了他家才知道，一般的中产阶级而已，房子不算小，但房间里的东西放得很乱，显然没有佣人，房间的摆设也不豪华。这越发使我对罗崇华肃然起敬，无疑，他把钱与时间都投到办刊物上了，小家就顾不上了，这是一种什么精神啊。

罗崇华家出来，吕顺说他家离这儿不远，也去看一下。我很愿意看看澳洲的华人移民真实的生活环境与条件，就欣然前往。也一般，装潢还不如国内那些小年轻家考究呢，就是比一般家庭多了些书、杂志等，有文化气息，还充溢着中华文化的元素。

从吕顺家出来，他带我们去动物园。因为到澳洲，看不到袋鼠与考拉，那就太遗憾了，就像到中国没有看到熊猫一样。可惜不是大公园，袋鼠有，不能零距离接触；考拉也有，但都躲在树上睡大觉，看不清楚。

动物园出来，去傅红家。傅红的家在郊区，在一座小山的半山腰上。其他不说，光这住宅的位置就知道这是富人区，就可约略知道傅红的身价。这是一幢法国式别墅，占地半英亩，8 年前花 50 万澳元买下的。8 年前的 50 万澳元与现在的 50 万已不是同一个概念。我想起了罗崇华与吕顺的家，同样是文化人，看来作家与画家的生活境遇不在一个层面上。

屋子里全是傅红的油画，有画好的，有画了一半的，还有素描稿，角角落落都放满了各种雕塑与中国古玩、西洋古董，这是多少文化人梦寐以求的家啊。

屋外更漂亮，有西班牙雕塑，有中国佛像，有 80 年树龄的桉树，与其他叫不出名的大树，还有众多花花草草。屋下是一个斜坡，下面有个小山谷，对面是一个更高的山坡，满眼黛绿，郁郁葱葱，鸟儿自由鸣叫，松鼠自由跳跃、野趣、天趣，人与自然的和谐，真让人羡慕。傅红告知：如果来得巧，会见到一大群野生猴群来此觅食，嬉戏。

吕顺因为要参加《大华报》15 周年活动，就先走了。

傅红请我与冰峰在他家吃饭，竟然是他主厨，有肉丸子汤、红烧牛肉、清蒸鱼、明虾等，口味挺地道，主食后还上了一道草莓冰淇淋。看来傅红是个很会享受生活的人，其生活浪漫、精致，令人想起陶渊明与竹林七贤的生活状态，但傅红比他们更逍遥自在，因为他出世还入世。

饭后，开始喝茶。看了子轩制作的傅红在天津博物馆开个人画展，与颁发傅红文学奖等内容的 DVD 片。

17∶30 傅红与子轩用车送我们回宾馆。

### 2010年8月30日　星期一，天气晴

今天我与冰峰从墨尔本飞悉尼，吕顺夫妇来车送我们到他儿子处，由他儿子送我们去机场。

中午时分到悉尼，澳华文学网的负责人谭毅，与悉尼的华文作家斯谷、何勇伟等三人来机场接机。下榻渔人码头边的城市酒店，房间条件不错，床挺大，也挺干净。

谭毅带我们去渔人码头吃饭，先去参观了海产行。乖乖，琳琅满目，目不暇接，各种各样的海产，有不少不要说没有吃过，没有见过，甚至连名称也没有听到过，有些样子很奇特，有些颜色很鲜艳，大开眼界。我与冰峰在海产品前拍了多张照片。

谭毅是悉尼科技大学的，办澳华文学网是业余时间做的。饭后她赶回去上班，就由斯谷、何勇伟陪我们转转。两人目前都在开出租车，业余喜欢写写，今天也算以文会友吧。谭毅请他俩来陪，一则他俩有车，二则路线熟，景点熟，发挥优势，就是耽误了他俩营业，很是抱歉。

渔人码头临海，蓝天白云，空气如洗，风帆点点，鸥鸟翩翩，风景极佳，赏心悦目。

悉尼最著名的景点就是悉尼歌剧院，那俗称蚌壳斗的造型已成为悉尼标志性建筑，到悉尼不去歌剧院就像到上海不去东方明珠，到北京不去长城。斯谷、何勇伟熟门熟路，抄近路就到了歌剧院。冰峰的文化传播公司还想组织国内的文艺团体来此演出，他自然更感兴趣，我俩沿着那高高的台阶走了上去，走了进去。这建筑确乎很雄伟，很个性，来这儿少不了要拍照留念。何勇伟认为在门口拍逆光，效果不理想，他又带我俩去悉尼大桥下拍。悉尼大桥上高高竖起的旗杆上飘扬着澳大利亚国旗，猎猎迎风，色彩醒目、炫目，是我迄今看到的最大的国旗，如果以此为

背景，拍出的效果还不错。

在悉尼歌剧院对面有个小山坡，据说是悉尼最好的地块，因为站在那小山坡上，可以望见悉尼三大最著名的景点，即悉尼歌剧院、悉尼大桥与悉尼电视塔。我们还特意到那儿去体验了一番，果然视野开阔，一览无余。据说，国内有位高官的儿子就在那山坡花天价买了房子，有位导游说得绘声绘色，我们不属于他们的旅游团队，只能凑在边上免费听听。

晚上，谭毅来带我们去唐人街吃晚饭。全世界的唐人街都大同小异，街道口有中式牌楼，里面饭馆面店最多，以吃为主，华人吃的穿的用的，几乎样样都有。

逛了一圈唐人街后，谭毅带我俩去她上班的悉尼科技大学，她说有位叫晓燕的网友知道我到悉尼，特意给我留了言，我借谭毅的电脑给她回了信，表示了谢意与问候。

为了方便我俩在悉尼打电话，谭毅给了我与冰峰各一张电话卡。

我把我集子的签名本、书法作品与礼品等给了谭毅。

### 2010年8月31日　星期二，天气晴

按照谭毅他们的安排，悉尼的活动要过几天，那我们这几天在悉尼就没有什么要紧的事。在墨尔本讲课，有点讲课费，取之于文用之于文嘛，何不用这钱去黄金海岸旅游几天，等旅游回来，正好可以接上悉尼安排的活动。冰峰是不差钱的主，我俩又是老搭档，就由吕顺去联系旅行社，我与冰峰结伴前往。

5:00谭毅来敲门，我与冰峰还未起床，我匆匆起来，开门一看，谭毅就站在门外，真不好意思，害得她大清早过来陪我们去吃早饭。

6:00何勇伟来车送我俩去机场。我俩是7:15悉尼到黄金

海岸的航班。大概我俩行李少，拖着仅有的一只拉杆箱四处溜达，东张西望，并不时拍照，就此被抽中检查爆炸物。检查就检查，反正除了换洗衣服，没有其他违禁东西，看机场保安如何查，不也蛮有意思的？因查不到什么，机场保安一迭声："I'm sorry！"

9：00左右我俩到黄金海岸机场，龙导游来接机，共有7位游客。有一位海南岛的，一对母女来自甘肃，另两位是台湾到悉尼留学的大学生。

先到天堂农场，有一个节目是抱考拉拍照，合影一次是15元澳币，给一张10寸的照片。考拉是澳大利亚特有的动物，是澳大利亚国宝级的动物，相当于我国的大熊猫。正确地说，考拉应该叫树袋熊，专吃桉树叶，常年待在树上，最常见的状态就是睡觉，据介绍每天得有18个小时在睡眠中。而且考拉个子小，像一只小猫似的，躲在树叶中睡觉不易被发现，就算发现，也看不清什么，拍照的效果自然不会理想。而现在，你可以零距离接触考拉，不但可以看清它的真面目，还可以抱着它拍照。谁都不肯放弃这机会，只是考拉毕竟是野生动物，抱在胸前，大部分游客还是有点怕怕的。

工作人员把一只肥嘟嘟的考拉放到我手里，那考拉用爪子抓住了我衣服，它的爪子离我的脸只一个拳头的距离，如果它用爪子朝我脸上抓一下，那可不是闹着玩的。虽然我嘴上说不怕，但我知道我的表情有些僵硬，因为我的主要精力与心思不在保持脸部的笑容，而是随时提防着小家伙可能的袭击。照片过一会就可拿到，不知别人能否看出，我的表情有几分不自然。

与考拉合影在室内，出来后，我们见到了一大群袋鼠。没想到袋鼠这么温顺，它们或卧着，或站着，或踱着步，或吃着食；有母子相依相偎的，有雌雄卿卿我我的，有互相嬉戏的，有独自打盹的……

游客们一见这么多大大小小的袋鼠，情绪立马吊上来了，照相机、摄像机全都开动了，"咔嚓""咔嚓"不断。有些大胆的游客还走到袋鼠身边，与之合影，或小心喂食，或伸手抚摸。有逃之夭夭的袋鼠，也有无所谓任你抚摸的袋鼠，就看你的运道与缘分了。

一般动物园，人与动物都是隔离的，或隔着栏杆，或隔着铁丝网，或隔着玻璃。而这里，人与动物是没有距离的，完全可以亲近的，不仅仅是看得真看得清的问题，更重要的是人与动物是朋友关系，是和谐的，这让我很难忘。

这后，我又与鸸鹋合影。鸸鹋为何许鸟？澳大利亚以外的可能连听也没有听说过这鸟的名称，更不要说见过了。通常读音读半边，把"鸸鹋"读成"而苗"的可能不是一个两个，这也算歪打正着，正确的读音即为 ér miáo。这鸟的外形与鸵鸟有几分相似，所以有"澳洲鸵鸟"的说法。千万别小看了这鸟，它可是澳大利亚的国鸟，是上了澳大利亚国徽的。去过澳大利亚或见识过澳大利亚国徽的应该知道，澳大利亚的国徽上一边是袋鼠，一边是鸸鹋，有些粗心的人还以为是鸵鸟呢。鸸鹋之所以当选为国鸟，一是它乃澳大利亚最大的鸟，系澳大利亚象征性的动物之一；二是鸸鹋也是目前世界上最大的陆地鸟之一，系世界上最古老的鸟种之一。因此，与鸸鹋合影不仅难得，还很有意义。接下来是看比利茶表演，相当于中国的茶道吧，只是比利茶乃澳洲土著的一种特有的文化。这种表演与中国茶道在室内，要有优雅的环境不同，他们在室外的空地上，用三根木棍支起一个三角形的架子，把一个特制的金属比利大茶壶吊在中间，下面放木材烧煮。那土著还往茶壶里丢进了一把树叶，据说是桉树叶，就是考拉爱吃的那种树叶，说是能让茶水增加一种清香。茶水烧好后，那土著把茶壶取下，在空中用力甩圈，懂行的告知：这样几圈一甩，因为离心力的关系，就把茶叶与茶水分开了。看那土著甩圈时，就像看杂耍，真担心他一不小心脱手的话，那茶壶飞出去事小，若滚烫的茶水泼在谁脸上，那就成事故了。好在土著力气大，且熟能生巧，真正是滴水不漏。土著面不改色心不跳，很平静地给各位游客倒茶，那茶水非常清澈，确有一股桉树叶的芳香。喝茶的同时，还有面包吃，说是叫丹波面包，一种类似松饼样的小点心，香香的，酥酥的，脆脆的。这可是地道的土著食品，偶尔尝一下，确有"味道好极了"的感觉。

紧接着是看马术表演，一个妙龄女郎在马背上表演各种动作，这在中国的马戏团里也有，我看过不止一次，也就没有新鲜感。

吃中饭，自助餐，每位25澳币。

饭后，去华纳电影城，像个娱乐场所吧，有文艺表演等，也有游客可参与的种种活动。

导游带我们去蝙蝠侠洞乘过山车，那车在黑暗的洞里，一会儿往左侧倾斜，一会儿往右侧倾斜，且车速极快，还翻过来倒过去，绕来绕去，转得头晕，后来又突然倒退，弄得我反胃，差点就吐了，总之很难受，真是花钱买罪受。

出蝙蝠侠洞，看到一种四四方方的垂直的升降机，有好几十米高，四面都有位子，坐上去后，升到最高处，然后一下失重，从高处掉下来，感受从空中掉下的滋味。我看到听到有些女性在掉的过程中，杀猪般惨叫，等下来时，那脸变色变形，后悔不及。但也有的游客大呼"过瘾，过瘾"！

有了洞里的教训，我就对自己说：免了免了！但冰峰来了兴致，执意要去体验一下，我负责在下面为他拍照。据他说，一颗心像要跳出喉咙口，总之，很刺激很刺激。也许吧。

15：30 去看仿明星表演，用我们中国的术语就是模仿秀节目。有模仿梦露的，有模仿卓别林的，有模仿杰克逊的……在我看来，一般般的居多，兴致也就不是很大。

17：00 回宾馆。晚饭，四菜一汤。

19：00 去石桥国家森林公园看萤火虫。据说这种萤火虫是 80 多年前发现的，旅游项目是 20 多年前才开发的，每天限 300 人前去观看。去看萤火虫最多的游客是中国人与日本人。导游说，春节期间，每天至少有 200 位以上是中国游客。导游姓谢，给我们每人发了一个电筒，但只能照路，不能照萤火虫。为了不干扰萤火虫的正常生活，这个地区没有电灯，山边小路在晚上终究是有点危险的，所以发手电筒以防万一。这个地方白天来看应该景色也不错的，有峰峦，有山洞，有瀑布，有河流，有古树，有灌木。而我们是来观看萤火虫的，那萤火虫都躲在路旁的草丛里、泥土上。有人叫起来：看到了，看到了！果然，在路旁可以看到星星点点的小亮点，开始，稀稀疏疏几点，渐渐多起来，有的密集区，一片亮色，犹如夏夜的天空，繁星点点。

萤火虫往往是孩子们的最爱，记得儿时我与弟弟常去野外逮萤火虫玩。这是一种带有神秘色彩的小昆虫，它那发亮的尾部会让童年的孩子产生无限的想像。萤火虫的生命是短暂的，它一生有卵、幼虫、蛹、成虫四个阶段，成虫后只有 20 来天的生命，但它的生命又是美丽的、灿烂的，不是吗？我们这些上了年纪的都会不远万里来看望它，更何况孩子？

这景区有巡山员，如果发现哪位游客违反规定，在用手电筒照萤火虫，就会被老实不客气地请出景区。因为用手电筒照后，会导致萤火虫的意外死亡。

## 2010年9月1日　星期三，天气晴

7: 30 我们到鸟园，去看七彩小鹦鹉。

树上树下，几十只鹦鹉，有专人在喂牛奶、蜂蜜等。

游客排着队，一个个要拍照。轮到的发一只盘子，盘子里有鹦鹉爱吃的食物，以吸引鹦鹉飞到你手臂上。这些鹦鹉已习惯了与游客打交道，一点不惧怕人，反而胆子大得出奇，飞到游客头上也不稀奇。

轮到我时，我让冰峰为我拍照。我运道不错，七八只鹦鹉飞到我肩上、手臂上，还有一只停在我头上。那鹦鹉色彩漂亮，拍出的照片一级棒。

轮到冰峰时，我给他拍，以留下瞬间的趣味。

之后，去看动物，袋鼠、考拉等见过了，再看，兴致就淡了。有一种树袋熊，像小猪似的，还有野狗，样子有点凶，我们就匆匆一瞥。去了爬行馆，有鬣蜥等，依稀记得叫绿鬣蜥，那样子有点可怕，但听说欧美有人把这种怪模怪样的绿鬣蜥当作宠物来饲养，真是匪夷所思。

10: 45 出鸟园，去海洋馆。看海胆、海参、海星等，还有鲨鱼、魔鬼鱼等。看了海豚、海狮表演，再看帅哥靓妹的水上表演。

出来后，导游带我们去乘鸭仔车（一种水陆两用车），去一个叫水上天堂的海湾，属内海湾，沿海岸乃富人区，都是别墅房，或曰海景房，基本上都有游艇码头，甚至有的还有海上直升机停机坪，直升机就停在那儿，随时可以起飞。导游告知：大约400万~1500万澳元一幢，每幢800~1000平方米，都是近一二十年内建造的，大约有几百家，入住者都是身价过亿的大富翁，有澳洲人，也有欧美人，还有中国人，如华裔影视明星，他

们是华人中的佼佼者，有的享有世界声誉，他们有钱在这儿购房，没什么好奇怪的。奇怪的是导游说这儿顶级的两套别墅系中国的贪官所有，但导游说不出贪官的名字，也只能姑妄听之。

晚饭后，安排去澳洲中产阶级家里参观，这是我挺感兴趣的事，作为一个作家，去实地看看，了解一下澳大利亚中产阶级的真实生活，可能比看景点更有收获。

据导游介绍，澳洲政府每年挑选 16 户家庭，凡入选的家庭，政府有一定的补贴，按参观的人头，每人补贴 1 元，但在这一年中，有 1~2 次要安排外国游客到家里来参观访问，要热情接待。毕竟这不仅仅是自己家庭的颜面，更是代表政府、代表国家的。谁家被选中，就是一种无上的荣誉，所以，被选中的家庭都把这很当回事，至于补贴，他们根本无所谓，因为就算你想要接待，都不一定选得上你家。

我们去的那家的男主人叫贝凯，是一位船长，女的叫斯特蕾，是护士。他们也不隐瞒，他们是重组家庭，现同居一年多了，在澳洲就算事实婚姻。船长年收入 7 万澳元左右，护士也有 6 万年薪。他们的房屋占地一英亩，实用面积 300 多平方米，值 60 万澳元。

进门前，导游关照进入室内后不能拍照，最后一个进门的要随手关门。

我们脱了鞋进门后，男主人说了一通表示欢迎的话，然后，我们就楼上楼下参观。衣柜是开着的，没有上锁，说明主人对我们没有防范心理。房间的摆设有若干中国元素，如中国字画、瓷器、佛像等，有一种亲切感，估计中国游客来参观的不少。冰箱很大，储藏一个星期的菜应该没有问题，有两个卫生间，有小型游泳池，有车库等，但没有花园，也不靠水，离市中心大约十几分钟的车程，故这儿的房价算比较便宜的。我注意到有一间给外国留学生住的房间，每星期 220~250 澳元，一年 10000 澳元，供应一日三餐，有车子接送去学校。

## 2010年9月2日　星期四，天气晴

去了水上教堂，说白了就是在船上的一座流动教堂，很有特色，拍了照片。

乘豪华游轮，再去海岸边看看。海岸边有一幢大楼好几十层，很气派，中间有个圆的洞，据说是风水先生叫这么设计的，故这楼俗称风水楼。导游告知在那洞的边上有两套房系著名影星成龙的。说是成龙在澳洲拍过电影，影响很大，这大楼的开发商送了一套给成龙，以此做宣传做广告。成龙反正不差钱，索性又买了一套，两套连在一起，只是成龙没有来住过，至今空关着。就成龙而言，权当投资，房地产商却借着成龙的大名，这楼盘卖了好价钱。这算盘精。

游轮去了咸淡水湾，中间有一沙滩，周围有红树林，有别墅隐约其间，沙滩上，有鹈鹕与鸥鸟，或飞或游，或觅食，或栖息，幽静而天然，恬淡而野趣。我们去了 40 多人，导游让我们三人一组下沙滩，下去得换上水鞋，有人不愿下，就在岸上看。凡下沙滩的，一组发一个打气筒式的吸筒，发一只筛子。那沙滩上有不少小洞，有气泡冒出，洞边还有一小堆一小堆或一长串一长串的泥屎，像蚯蚓的屎。有洞、有气泡、有泥屎的通常就有生命，把吸筒往小洞处按下去，再拔出来，就像盗墓的洛阳铲似的，把一段泥带上来了，然后倒在筛子里，在水里一淘，那沙虾就出现了，有时还能逮到小蟹，很有童趣的，仿佛回到了童年，不知自己几岁。

回到游轮上，开始玩海钓。只有一根不长的钓竿，没有浮子，小虾为鱼食，直接放海水里就行，运气好，不一会儿鱼就咬

钩。但我习惯有浮子的,看浮子的升降决定何时提钓钩,不用浮子后,反不会掌握提钓钩的时间了,老是被海鱼吃了虾子,倒是那些从没有钓过鱼的,瞎猫碰死老鼠,常常会钓到活蹦乱跳的鱼儿。鱼,不大,那样子有点类似非洲鲫鱼,钓到的大呼小叫,还拍照,以显示战果。我也拍了一张钓到海鱼的照片。

还有一个逮海螃蟹节目很有趣。海水中有不少笼子,专门逮海螃蟹的,应该是隔夜放下去的,要用力气把那笼子拉上船。这时已按吃饭的座位,八人一桌,一桌可派一位代表去拉笼子,看各人运气,有的一笼两只三只,有的一只也没有,有的逮到小小的,有的则好大好大的。我与冰峰都去试了试运气,我那一笼逮到两只,张牙舞爪的,凶相毕露。船上的工作人员问我敢不敢去拿。这有什么不敢的,我一手举一个,拍了照片,立此存照。

中午,在船上吃,就吃海螃蟹。还每人发了小砧板、小榔头、钳子等工具,没有这些工具,还真不好下手,特别是那两只大螯,不借助榔头,休想咬开。因为是自己参与逮的海螃蟹,吃起来那味道特别鲜美。

饭后,还去参观了人工养殖生蚝。有方格木,加水泥,立在海水里,作为附着基,让受精卵飘到那里,附上,一年后拿上来,敲下,再放入铁丝笼子里,一年后,再放木格子里,放海水里,两年后就长得差不多能吃了。一般从海水里拿上来后再养一两天,消消毒方能食用。

结束后,去布里斯班。在途中,导游带我们进了一个商场,专门卖澳宝的。澳宝是澳大利亚特有的一种宝石,有黑色的,有彩色的,有白色的,那水晶澳宝晶莹通透,煞是可爱!但价值也不菲,有几百澳元一颗的,有几千澳元一颗的,也有几万澳元一颗的。冰峰花360元买了一条澳宝项链。有一个大学生模样的台湾男孩，买了两条千元以上的澳宝项链，说是买给他妈妈的，好有孝心啊。

15：00 到布里斯班。1988 年时，这个城市举办过世界博览会。

先去唐人街，没有什么特色，与其他国家其他城市的大同小异罢了，不值得记。

赶到去黄金海岸的机场，路上堵车，时间很紧张，总算在飞机起飞前赶到，没有误机，谢天谢地。

19：00 到黄金海岸的宾馆，冰峰、我，还有一个海南的叫朱春梅的游客，萍水相逢，还谈得来，就一路了。我们三人去吃饭，118 澳元，冰峰付的。

晚上去街上转转，吃的、玩的都有，灯红酒绿，光怪陆离，有按摩，韩国妹，45 澳元一小时，但 22：30 就关门了，似乎比我们国内还正规呢。对这没有兴趣，去看了鬼屋，专卖与鬼有关的东西，那些店员也化妆成鬼的模样，阴森可怕。这些国内是没有的，看看倒也开眼界，就是感觉瘆人。

## 2010年9月3日　星期五，天气晴

"黄金海岸"这名称是 1959 年才正式命名的。原来叫"南海岸"，在布里斯班南面 78 公里处，它的最大特点是有绵延 42 公里的海岸线，由数十个美丽的沙滩组成。

1938 年时，有位精明的商人来这个地方开了第一家度假酒店，引入冲浪运动，并命名为"冲浪者天堂"。由于这里的自然条件得天独厚，渐渐成了名副其实的冲浪者天堂。后来有位记者在报道这里时写道："阳光下，感觉好像大把大把的金子撒在了沙滩上……"这个报道吸引了无数的游客慕名而来。后来，当地政府采用公民投票的方法选城市名，最后"黄金海岸"以多数票

通过。现在这里已成了世界上最吸引游客的海滩之一，每年有大量的各国游客蜂拥而至。而我们中国的不少休闲场所、浴室也起名为黄金海岸。

我们去可可达公园看飞狐，一看到"飞狐"这名字，马上使我想起金庸名著《雪山飞狐》，不知此飞狐，是否那飞狐？金庸原本姓查，他们查姓的祖上有叫查慎行的，写过一首有关飞狐的诗：

锐头长尾口如龇，

肉翅旁连四足俱。

猜是千年老蝙蝠，

问名方始识飞狐。

查慎行不愧为清代著名诗人，果然知识面广。这飞狐其实就是蝙蝠的一种，一种大蝙蝠，学名为果蝠。由于此蝙蝠有一张狐狸似的脸，又会飞，俗称飞狐。主要晚上飞，晚上觅食，但白天偶尔也会飞。飞狐爱吃水果，也吃棕榈果。我看到的飞狐每只一公斤左右，都在桉树上倒吊着，那一片桉树林里，几乎每棵树上都有，有的一棵树上就有几十只，说是共有一万多只。远望之，好似果实累累，怪好玩的。我拍了不少照片，只是照片上的飞狐看上去小了点。

再去危险岬，位于昆士兰州与新南威尔士州交界处，有州际标志。有英国国旗，想来与当年英国的库克船长发现新大陆有关，所以这里有库克纪念碑和灯塔。

这儿可以看真正的海钓，还能看到冲浪。我们运气不错，还看到了鲸鱼，在不远处的海面上喷着水柱，可惜照片拍不出效果。

在开车途中，看到修路的，慢慢吞吞的，像在磨洋工。导游说澳洲没有赶工期，向某某节日献礼之说，一切都按部就班。

但那些修路工的工资比办公室的白领还高，谁妒忌，完全可以放弃白领生活，去拿那修路工的工资。

沿路还看到多辆房车，多数是那些退休后的老夫妻开了房车周游澳洲，外国人就是会享受生活。要在我国，什么七十不留宿，八十不留饭，就怕万一有个三长两短。西方老年人往往不信这个邪，该游的就游，不知老之将至。

澳洲还有些现象也很有意思，譬如路上几乎见不到出租车，出租车要让酒店代叫。估计还是私家车太普及的缘故，如果放我国的城市也这样，那市长肯定被骂得坐不住。

还有，澳洲政府在两年前开放了妓院，但规定妓院周围一公里内不能有生活区，每家从业人员不能超过 5 个，以控制规模，防止垄断，防止黑社会。妓院一般开在工厂区，如果有居民投诉，就要处罚。

据说澳洲人婚前性观念较开放，婚后却很保守。婚后，女的相夫教子，男的也不去花天酒地。如果离婚，只要一方提出即可，必须证明已分居半年以上，就会准予离婚。离婚后财产要一人一半，男方的财产还要与子女分。这也从制度上保障了妇女与儿童的利益，减少了离婚。

澳洲土著目前大约有十多万，但纯种的只有一两万，他们没有文字，平均寿命不到 50 岁。政府需要土著的土地，用钱赎买。那些土著没有现代社会谋生的技能，无法融入主流社会，他们拿了政府的钱，以为是天上掉的馅饼，往往去酗酒买醉，连孩子也不好好教育。有些欧美国家的白人家庭就来领养这些孩子，并让他们受到西方教育，但他们多数不知自己的父母是谁，不知自己的根在哪，被称之为"丢失的一代"。后来，他们集体控告政府，据报道，陆克文总理还代表政府向他们道歉呢。

16：45 到机场，结束黄金海岸的旅游，准备回悉尼。

### 2010年9月4日　星期六，天气雨

说好今天谭毅陪我们去堪培拉，7: 00 到楼下等谭毅，7: 20 还没有来，打电话没有人接，我们怕误了时间，决定打的去唐人街的旅游车集散地。刚上车，谭毅叫了起来，她匆匆赶过来，说睡过头了，正在替我们买早点呢。

我们一起到了唐人街，还是星辉旅行社，导游姓黄。

下雨了，且作雨中行。

澳洲的车上不能吃早点，不能带大杯的饮料，瓶装的饮料可以带，很严格的。好在谭毅想得周到，早点已买来，我们上车前就把早点放进了肚皮里，不违反规定了。

旅游大巴车速不能超过 100 码，超过就会发出叫声。车每到一地，或停下来，司机都要通知公司，看来管理很严。

途中，去看了一个小人国景点，相当于微缩景观，没啥意思，又是雨中，衣服都淋湿了，还不好拍照。

导游说小人国每人 18 元，中饭 16 元，小费 5 元，共 39 澳元。

饭后，到达堪培拉市中心。堪培拉是澳大利亚的首都，但这个首都可能是全世界近 200 个国家首都中最不热闹的城市。我在市中心转了一圈，见到的行人总共不超过 20 位。有人开玩笑说，就算你拿了机枪在大街上扫，也撂不倒几个人。这是怎么回事呢？原来，澳大利亚联邦政府开始想把首都建在墨尔本，悉尼知道了，不乐意了，提出应该建在悉尼。悉尼有悉尼的理由，墨尔本有墨尔本的道理，谁也说服不了谁，谁也不肯让步，一直争了八九年。最后，政府和稀泥，决定首都既不在墨尔本，也不在悉尼，而是在两个城市中间新建一座城市作为首都。建这个新城市用了 14 年，于 1927 年才建成。堪培拉的意思是"汇合之

地"。

堪培拉虽然是首都,但总人口只30多万人,而且主要是政府机关的工作人员,纯居民不多。这些政府机关的工作人员或住在悉尼,或家在墨尔本,不少到周末就回家了,不在堪培拉住,还有的早出晚归。

因原住地居民少,拖家带口的少,人气就不足,商业就繁荣不起来,难以购销两旺。我转了几家商店,有的竟铁将军把门,有的在寻找转租。

市中心也没有什么好逛的,导游带我们去了造币厂。简直就是个花园工厂,绿化好,环境美,如今成了堪培拉一个重要的旅游景点。要是放在中国,怎么可能呢?我国的造币厂向来是保密的,警卫森严,靠近都难,更不要说让游人参观了。

进堪培拉的这家造币厂也要安检的,但进去后可随便看,那些造币机器隔着玻璃都看得清清楚楚,一切都是透明的。

这里有不少展板,把一部澳洲的钱币史展示得脉络清晰,一目了然。还有各种各样的钱币实物,有的极为珍稀,在其他地方不易见到。对于喜欢收藏钱币,或研究金融史的来说,绝对是有价值的资料。

留给我,或者说留给游人印象最深的应该是自己参与铸币。有一架铸硬币的机器,你只要往那个投币的孔中投进去3澳元硬币,你就可以去按动那个专门的启动按钮,你一按,铸币机就开动了,你能看到机器的运转,听到机器的响声,不一会,一枚你亲手造的一元硬币就滚了出来。这可不是纪念币,是可以在市场上流通的真钱币。三元钱换一元,对游客来说,实在是毛毛雨,谁都不会计较,谁都不会在乎,所以排队的人很多很多。毕竟亲自造一枚钱币的机会是不多的,对大部分游客来说,可能这一辈子就这一次,谁愿错过呢?但对造币厂来说,倒也不失为一条生财之道，俗话说小雨落得猛，积少成多，集腋成裘，每年累积起来，也是笔不小的收入。

我们的运道真的不错，今年是澳币发行第一百年，也就是说，我铸造的那硬币系一枚百年币，纪念意义不一样，含金量也不一样。我让冰峰把我按钮造币时的一瞬间定格于照片了，我也给他拍了照，有照片为证，亲手造币就不虚不假了。

据说有澳洲的钱币收藏家，每年都来一次堪培拉的造币厂，就是为了每年亲手铸造一枚钱币。虽然你花钱也能买齐100年的钱币，但与自己亲手铸造的，岂可同日而语？如果有哪位收藏家说自己有50枚硬币是他亲手铸造的，再附上每年哪月哪日去的，那一定让人羡慕不已。有少量澳洲以外的钱币收藏家，也每年到一次堪培拉，就是冲着自己亲手铸造钱币而去的。

造币厂出来，我们去国会大厦。这可是政府大楼，相当于我国的中南海，在我国就是禁地，有部队保卫，三步一哨五步一岗，不要说普通老百姓，就是政府官员，也不是想进就进的。而在澳洲，却是对各国游客开放的。

国会大厦每天的开放时间是9：00~17：00，如果国会大厦有会议，开放时间就会提前，国会大厦里的解说与导游都是免费的。

据导游介绍，这国会大厦建成也就20年稍出头些，是为了纪念澳大利亚建国200周年才建的。国会大厦建在一个山坡上，应该是堪培拉最高的地方。刚才去造币厂，感觉像进了花园工厂，现在进国会大厦，感觉像又进了一个公园或一个景点，棵棵大树，处处花坛，绿绿的灌木，青青的草坪，喷泉洒珠，鲜花绽放。桉树是主打树种，绿色是主打色调，澳大利亚的风情跃然眼前。

喜欢艺术的游客，在这大厦里可以看到几千件名贵的书画、雕塑、工艺品与历史照片、艺术照片。

然而，留给我印象更深的是众议院与上议院。按其职能，众议院有点类似我国的政协，上议院有点类似我国的人大。之所以印象深，不是国会大厦造得多豪华、多漂亮，而是普通老百姓也能旁听，只要你提交申请被批准就可以进去了，当然每次旁听的人数有限制。我特意注意了旁听席，几百个旁听者是可以容纳的。会议厅的旁听席在楼上，呈长方形，等于议员在下面开会，上面四周一圈都有人在看着在听着。正对面的几排是记者席位，可能便于记者拍照吧。两旁与后面，即 U 字型的三面都是百姓旁听席位，但只能听，不能发出声音，也不能随便走动，以免影响会议正常进行。

如果我没有记错的话，众议院有 150 个席位，上议院有 69 个席位。在会议大厅外的墙上，有详细的位子图表，哪个位子坐谁，什么身份，都标注得一清二楚。众议院席位多，主要是党派色彩、民间色彩，也许还不能让游客产生浓厚的兴趣，但上议院就不同了，个个都是在政府中担任重要职务的，用我们中国的政治术语，就是"党和国家领导人"。我虽然没有一一细看，但总理、副总理、国防部长、财政部长等都赫然在目。

也就是说，不管众议院、上议院，只要开会，只要不是绝密会议，就没有保密这一说，因为有记者与各界人士旁听，每位官员所讲的话都记录在案，每位官员的观点、态度都是透明的，民众的知情权充分体现。

我们难得来一次，没有碰到议会开会，旁听是不可能了，拍张照是必须的，我们在旁听席位上留影，充当一回假设中的旁听者。

国会大厦出来，又去了临近的澳大利亚战争纪念馆，其位置正好与国会大厦面对面。上世纪 40 年代开始建造，70 年代竣工的。有一种说法是为纪念二战澳大利亚阵亡的战士而修的，但严格意义上说是为一战二战，以及澳大利亚所有在近当代战争中阵亡的将士建造的，所以叫澳大利亚战争纪念馆，而不是澳大利亚二战纪念馆。导游说从空中看，这建筑形状像十字架，但我们没有机会从空中看。从地面看，主建筑如一座城堡，墨绿色的圆顶，两边长长的辅助建筑连成一体，走向主建筑犹如走过帝皇陵的甬道，整个氛围是吻合的。

纪念馆设有展览室、放映厅、追思堂等，还有战史、军史教育和研究中心。第二次世界大战展厅是一个最重要的展厅，还有澳大利亚和新西兰军团展厅，与一个飞机展厅。反正都是与战争有关的图片、照片、实物、模型等，大量的老式兵器，长枪短枪，大炮小炮，各式战机，应有尽有，比较印象深的有被击沉的潜艇，系日本人的微型潜艇，在悉尼湾被打中的。这个展览馆充分运用了高科技，激光、影视、立体声音响等等，那些模拟的战争场面极其逼真，置身其中，视觉、听觉，全方位刺激，仿佛战争就在眼前，有身临战场之感，用一句上海方言"像真的一样"。

纪念馆里还有阵亡将士墙，那名字密密麻麻，据说澳大利亚在一战、二战与朝鲜战争、越南战争中都派部队参与，也阵亡了十万余将士。我看到多位男男女女，带着崇敬的心态，在仔细地寻找已故亲人的名字，有人献花，有人默哀，有人祈祷，一派肃穆。

19:45我们回悉尼。冰峰是内蒙古出生的，突然想起要吃涮羊肉，谭毅带我们找到了一家火锅店，冰峰点了好几样他爱吃的，他的胃口真好。我基本吃素，浅尝辄止。

谭毅去买了几份中文报纸回来，《大洋时报》在8月26日的"大洋笔会"版整版发表了我论澳洲华文文坛的长篇文章，并配发了编者按与我的作者简介；9 月 2 日的《大洋时报》还发表了题为《中国大陆著名小说家来访》的报道；《澳洲新报》等华文报纸刊登了我与冰峰的照片。

回宾馆已零点了。

## 2010年9月5日　星期日，天气晴

7：00 起床，洗澡，再洗衣服。

9：00 出门，打的去悉尼科技大学，8 澳元打的费。

悉尼的俞镔已等在那边了。俞镔祖籍太仓。1986 年毕业于上海医科大学医学系。1989 年出国，曾获得加拿大萨斯卡切温大学理学硕士、澳大利亚悉尼大学哲学博士，以及美国赖特州立大学博士后证书。1997 年受聘于悉尼大学医学院和阿弗雷泽亲王医院，先后担任分子遗传学讲师和高级讲师，并兼分子遗传学实验室主任。他是悉尼大学大分子分析中心顾问、阿弗雷泽亲王医院生物安全委员会委员、澳亚病理医师学院成员，同时是澳大利亚国家健康和医学研究院、国家心脏基金会和国家癌症研究院科研课题评议员。他也是国际人类基因组组织肥厚型心肌病突变数据库的负责人。俞镔博士曾荣获叔平奖和齐鲁友谊奖。目前是澳华科技协会副会长、澳大利亚复旦校友会副会长。我撰写的《太仓市近当代名人》一书收过他条目，与他有过电邮联系。这次到悉尼前，我发邮件告知了他，正好今天他到悉尼科技大学参加一个活动，借这个机会见了面，合了影。我把《太仓指南》等书送给了他，并邀请他有机会访问家乡太仓，去讲讲课，他欣然应允。

11：15 谭毅陪我们去海边的情人湾。12：30 我们上船，沿海岸线观光，悉尼大剧院、悉尼电视台、悉尼大桥等著名景点再次细看，再次拍照。

船上的自助餐还不错，有大虾，有鸡块，有蘑菇，有洋葱，有面，有饭，还有橘子等水果。船上有位姓陈的中国人，好像是负责人，与谭毅熟悉，知道我与冰峰是来自中国的作家，还特意赠送了一瓶红葡萄酒给我们。边吃边欣赏异国风景，不亦乐乎。在过悉尼大剧院时，谭毅提醒我们不要错过拍照最佳时机，在船上拍悉尼大剧院，与在岸上拍，感觉完全不一样，在岸上是没有这样好的角度的。我看清了，悉尼大剧院突出于岸边，伸向海里，应该是人造陆地，如果从空中看，效果一定更佳。

人与人不一样，也有人好像不是来观景的，而是专门来吃自助餐的，对外面的景点无动于衷，只专注于那些吃的，这些饕餮者如果知道风景这边独好，是不是会懊悔呢？

渐渐，风大浪大了起来，船也开始颠簸，有人吐了，还好，我没有晕船。一个半小时，我们结束观光上岸。每位80元，但姓陈的坚持只收我们每位60元。看来中国人的人情、面子、人情味，到哪都有。

下船，乘电梯上平台，到了大马路，很顺利地碰到一位华人出租车司机。

15：40我们去蜀香坊，顾名思义就是中国人开的川菜馆。谭毅、何与怀等已到了。认识了多位新朋友，如悉尼华人作家协会会长许耀林、新华社驻悉尼分社社长江亚平、中国驻悉尼总领事馆文化参赞李健钢等，悉尼《澳洲新报》的张奥列送了我三本他的集子，黄庆辉老爷子送了我一组墨尔本的照片。

今天，由澳华文学网与澳大利亚华人文化团体联合会主办，悉尼作家协会、新洲作家协会、澳洲作家协会、酒井园诗社、悉尼诗词协会、悉尼笔会、澳中文化教育交流活动中心协办的"中澳作家悉尼文学研讨会"在蜀香坊举办，来自悉尼地区的68位作家、诗人参加了这次活动。中国政府驻悉尼总领事馆文化参赞李健钢致欢迎辞，我就微型小说创作发表了主题演讲，我因经常在外面讲课，关于微型小说创作的内容烂熟于胸，效果应该还不错。冰峰做了关于诗歌创作的演讲，诗歌创作是他的长项，他的特点是写比说拿手，但他的发言稿没有打印出来，脱稿说得不是很顺溜，有点遗憾。接下来是提问，我与冰峰分别回答问题，诸如对澳华文学的看法等，还就澳中作家各自关心的文学话题进行了探讨与对话。

在此期间，我接受了新华社驻悉尼分社记者、当地电视台记者的采访。赵智与我还分别向澳华文学网赠送了书法作品，澳华文学网与悉尼作家协会也向我与冰峰赠送了礼品，有羊毛披巾与保肝灵等。

接下来是合影，先与李健钢、江亚平、谭毅、何与怀、许耀林、张奥列、唐予奇等在会标下拍照，再一桌一桌合影。

俞镶很有诚意，专程来参加，但他没有吃饭先走了。

翁友芳与我家属都是上海知青，曾经一同插队在黑龙江爱辉有七八年，后来她移居到悉尼，如今是澳洲的华文作家。她也特地来，还专门来问我家属的情况，她送了我家属礼品，我送了和田玉海宝等两件小礼品给她，送了我的签名本给她。

不断有作家送书给我与冰峰，也有来索书的，要求签名的，要求单独合影的，很是热情，就是没有时间好好吃饭了。

吃晚饭中间，还进行了抽奖，有小奖品，气氛甚好。

谭毅、何与怀、翁友芳三人送我与冰峰回宾馆。

晚上，在龙导陪同下去看悉尼夜景。

## 2010年9月6日　星期一，天气晴

新华社驻悉尼分社社长江亚平来陪我与冰峰去蓝山国家公园游玩。江亚平是个大忙人，他亲自开车来陪我俩真是大面子。

一路上江亚平的手机铃声不断，来请示的，来咨询的，来邀请的，看他如此之忙，我与冰峰真的很不好意思。

我们从悉尼出发，到蓝山国家公园大约一个半小时，有上百公里路，景区位于新南威尔士州，系自然类世界遗产。最大的特点是有大面积的原始森林，有一种叫尤加利树的，在澳洲很出名，列为国树，我原来以为澳大利亚的国树是桉树。说起来，我真孤陋寡闻，我能记得的国树美国是橡树，加拿大是枫树，印度是菩提树，我国的国树是什么我就说不出，会不会是银杏？

蓝山国家公园属于高原丘陵地带，低的海拔近百米，高的一千多米，接近我国泰山的高度了。

先去看瀑布，再去看三姐妹峰。这是个大峡谷，莽莽苍苍，视野开阔，气势雄伟。令人难以相信的是茫茫大山中有土著部落的存在，还不止一个，这就在自然景观价值外，又有了人文价值，属于文化遗产范畴了。

三姐妹峰是蓝山标志性峰峦，关于三姐妹峰有美丽的神话传说。相传某部落有三姐妹，个个貌美如花，可能这一带毕竟人少树多，交际圈极小极小，由是发生了不该发生的事，三姐妹同时爱上了另一部落的一位小伙子。这段恋情曝光后，竟导致了两个部落间的争斗。开战就必然有伤亡，三姐妹的命运可想而知，有位巫师把三姐妹变成了石头，最后成了三姐妹岩，这三姐妹岩都近千米高，因为并排而耸，本身就如诗如画，加之爱情传说，也就成为蓝山最著名的景点。

蓝山可看可玩的项目很多，我们看到了土著人遗迹，有土著人铜像等。

我们乘缆车上一个相对独立的山峰，再从峰顶沿石阶走下来。我与冰峰走走停停，停停看看。有奇形怪状的岩石，有隐隐约约的山峰，有变化莫测的岚气，有盘根错节的古树，我们不时把美景收入镜头。走着走着，没来由就下起了雨，还好雨不算大，山径有些湿滑，但空气更清新了。最意外的是天空突然出现了彩虹，照理说看到彩虹也不算稀奇，凡在外面跑跑的，见过彩虹也不值得专门记入日记，但这彩虹与我以往见过的都不同。我这人去过的地方与国家多，少说见过几十次彩虹，但这一次，我有震惊感，因为那红、橙、黄、绿、青、蓝、紫七色分外艳丽，那是一种纯净的色彩，一种炫目的色彩，超凡脱俗的美丽，无与伦比的美丽。我看得呆了，看得傻了，自然界竟有如此迷人的彩虹，一时间，我竟忘了举起相机。有一位外国小伙子看到如此动人心魄的彩虹后，激动而忘情地高声喊叫起来，那喊声传得很远很远。那喊声惊醒了我，我连忙举起相机，可惜最美的时机已过去了，不过还算好，总算拍下了。

这彩虹来得突然，去得也突然，仅一两分钟就无影无踪了，太阳也随之出来了，我估计看到的游人不多。我在想为什么蓝山的彩虹如此与众不同，这大概与蓝山的空气纯净有关，而此前刚好下过小雨，当太阳光照射到空气中的水滴时，光线被折射及反射，由是产生了这奇异的光学现象。老天真是照顾我俩啊，无偿地赠送了这份大礼，我唯有说：谢谢！谢谢！

江亚平社长打趣我们说：你俩是贵人，老天也恩惠你们。

我们在小镇上吃饭。小镇很有特色，人口不多，但安静、干净，一派和睦。

饭后，继续游玩，其中有个项目是坐小火车，极陡，至少45度，自高处冲下去，像下地狱，惊心动魄，胆小的要吓出心脏病，但确乎刺激，强刺激。

18:00，回到悉尼市区，到水井坊，悉尼华文作家协会会长许耀林宴请。作陪的有何与怀、谭毅、黄庆辉、唐予奇等，许耀林还准备了横幅，挂在吃饭的那件包厢里，气氛就不一样了，我们拍了几张合影。

晚饭后，许耀林邀请我们去他开的礼品店看看，在唐人街的中心位置，好像他老婆在打理。店里的商品不少来自中国，还有不少是澳洲的特产，如羊毛制品、澳洲化妆品等，看来主要服务对象是大陆与港澳台来悉尼旅游的华人。

许耀林要我去他办公室看看，我翻看了一会澳洲的中文报纸。他送了一盒仿古的墨给我，总共七八块，有长方形的，有葫芦形的，有圆形的，造型很别致。

我每到一个国家要买一样小纪念品，以作留念。我看到有回力标出售，就想买几个。这回力标呈ㄑ字形弯曲，是澳洲土著用来打袋鼠等小动物的，袋鼠的腿长腿细，打在上面，袋鼠就可能倒下，就成了土著们的囊中之物，如果打不中目标，回力标会曲线运动后回到掷标者手里，很奇特的一种工具。其实，这回力标如今已成了玩具，谁还会去打小动物？且这店里出售的，要比土著实际打猎时用的小，有几元钱一只的，有十几元一只的，大的也要几十元一只。我只要小的，大的没有用，也不好带。我比较看中的是9澳元与12澳元的。

许耀林老婆见我在挑回力标，就说：送你几个，自己拿。我哪好意思，说不要了。后来临走时，许耀林送了我5个回力标。

从许耀林店里出来，又去谭毅办公室，上了一会儿网，把这几天的邮件处理一下。

## 2010年9月7日　星期二，天气晴

7:00起床，把东西整理一下，洗个澡。

9:00翁友芳来，她说作为我家属当年的插友，今天略尽地主之谊，来陪我们走走看看。

先到海德广场转转，看看大教堂等。在广场巧遇墨尔本的林贤治先生，前不久我们在墨尔本见过，一位中国血统的学者，但中文说得远不如英文流畅。

再到市政厅，电梯都是老式的，还不如国内有些乡镇政府楼的设施。

再去一个小教堂，正在做礼拜，一个个极为虔诚，在西方国家，宗教的力量真的不可小觑。

我们在唐人街吃饭，点几样中国菜，来点家乡的味道。

饭后去达令湾。翁友芳建议我们乘城市轻轨转一圈，城市轻轨在半空中，可浏览整个悉尼城市景观。为了看得仔细，我们转了两圈。在轻轨上遇到一对新西兰母女，那两岁的女孩像芭比娃娃，可爱极了，套句流行的俗语就是"人见人爱，花见花开"。我也忍不住想抱抱这洋娃娃。翁友芳与洋娃娃母亲说后，那新西兰母亲欣然同意，我与冰峰都抱着这洋娃娃拍了照，洋娃娃也不惧生，笑得很甜。

天有点热，已汗津津了，我们在肯德基喝饮料，休息休息，看看街景，倒也悠闲。

15：50 回宾馆。翁友芳回。

斯谷来接我与冰峰，再去接谭毅，一起去机场。斯谷是开出租车的，不能太耽误他做生意，到机场后，让他先走，不必再送我们了。谭毅帮我们填好出境单，办好登机手续。因为我的航班不是同一家公司的，故我的行李不能直接到上海，到北京后得去取行李，再办一次托运手续。好在到了北京不会有大问题了，最多麻烦些，耽误些时间而已。

在候机厅碰到一群山西的女企业家海外观光团，看样子是女煤老板与煤老板的老婆、煤老板的女儿，或者煤老板的二房，一个个珠光宝气，大包小包，且高门大嗓，旁若无人。在机场的免税商场，这些不差钱的"女企业家"，因为兜里还有不少澳币没有用掉，就钱不当钱地一个劲买巧克力、香烟、化妆品等，可以说个个满载而归。

20：00 飞机从悉尼飞北京。

飞机上，空姐推着车来推销免税商品，那一拨山西的女企业家购物兴趣依然不减，还在一样一样买，好像花的不是钱，也不管拿得动拿不动。

这次澳大利亚之行应该说比较圆满成功，澳大利亚SBS中文电台、中国国际广播电台驻悉尼记者站、《澳洲新报》《澳洲新快报》《大洋时报》等都发了消息。《星岛日报》《澳中周末报》《澳洲侨报》《澳华新文苑》《同路人》等海外华人信息网与澳华文学网等网站先后发表了《中澳作家悉尼文学研讨会，掀澳洲小小说热》《一次成功的澳中文学交流》《中国大陆著名小说家来访——与大洋洲文联做亲切交流》《著名微型小说作家访澳谈创作》等多篇报道。

《人民日报海外版》、中国外交部网、中国新闻网、天津网、江苏作家网、新加坡文艺协会网、美国文心网、网上唐人街网等海内外多家媒体也都发了报道。

# 泰国六日日记

**2012年7月7日　星期六，天气阴**

　　昨天是极为忙碌的一天，因为这次去泰国要6天，不少事得先处理好。譬如太仓科教新城请我策划的"七夕文化"微小说征文定下了，我把征文启事发向世界各地的媒体与文友，还有中国微型小说学会与世界华文微型小说研究会准备举办第二届"黔台杯"世界华文微型小说大奖赛，我写的策划书，会长郏宗培已修改后发给我了，我抓紧时间发向世界各国的协办单位与媒体支持单位，以便得到他们的认可，这样我泰国回来后就可开主席团会议确定下来。

　　这次飞机票是泰国留学中国大学校友会文艺写作学会买的，8:55的航班，时间不错，但从浦东机场起飞，远了。如果从虹桥机场起飞，太仓离机场只40分钟路程，就近多了。为了减少麻烦，我不让儿子小车送，也不让朋友送，乘地铁吧，这样时间长些，我自己累些。

　　4:10起床，到朝阳路汽车站正好赶上5:00的头班车，到嘉定后，地铁11号线还没有开门，11号线头班车是5:38，只好等。到江苏路换2号线，乘上去时我看了手表6:38，刚好一小时。到浦东机场再一小时十分钟，大约7:50左右。等我到达换登机牌的地方，发现怪了，东航的柜台处全是旅客，但唯独不见一个工作人员。咋啦，我来得太早了？不可能啊，再有几分钟去泰国的航班就得关闸了呀。我拉着行李，边走边看，突然发现前面有几十位机场警察，难道出什么事了？我连忙去问，警察不说，又问顾客，一问才知道，东航员工罢工了——原来隔夜雷雨交加，不少航班停飞，其他航空公司都安排旅客住宿吃饭，只有东航的不管不问，憋了一夜的旅客再也忍不住了，要求赔偿。俗话说"店大欺客，客大欺店"，加之浦东机场是东航的地盘，东航的傲慢是可以想象的。也是东航这次运道不好，这次航班中有一群东北的旅客，东北人的火暴脾气全国皆知，愤怒的东北旅客动手打了东航的员工，不知出于自我保护还是什么原因，反正东航柜台上的工作人员一个不剩全不见了踪影。

眼看到泰国航班到关闸时间了，我能不急？我转到中国国际航空公司那边，找警察商量，我说我应邀去泰国讲课的，能不能请中国国际航空公司帮忙给我换登机牌？警察倒还算通情达理，找到一位中国国际航空公司的小伙子对他说：给这位先生办理一下吧。

我又把情况说了一下，他问我："就你一个人？"我说："就我一个人。"又问："就一件行李？"我立马说："对，就一件行李。"

他想了想就开了电脑给我办理了登机手续。说实在，我原先十分担心我的行李超重，整整一旅行包全是书。但那小伙子知道我去讲课的，又只一个人，就没有罚我款。

我庆幸自己运气好，赶快去安检，一到安检处傻眼了，全是等待安检的旅客。估计是刚才打架事件引发的连锁反应，积了一大批滞留的旅客。而且从7月1日起，飞机场的安检提高了级别，得解下皮带，脱掉皮鞋，开包开箱，自然更慢了，我急啊，算算登机时间已到了，我还在安检门外。好在我知道机场规矩，只要换了登机牌，通常要等齐了才起飞。这龟速似的挪动，挪了一个半小时才轮到我。虽说等得窝火，但想想还有不少旅客仍在外头等东航员工复工，不知还要等几个小时，我知足吧。

大约 10:30 我上了飞机，已耽误了一个半小时。幸运的是，这次没有所谓的"航空管制"，飞机很快起飞了。

中国与泰国有一小时的时差，即比中国早一小时。原本应该在泰国时间 12:30 左右到达，这一误机，接机的就倒霉了。我算是老出国的，知道出关往往要排很长的队，动作稍慢半拍，走在后面，很可能出关就要多排半小时到一小时的队。所以一下飞机，我就一路小跑直奔出关的所在。果然不出所料，出关处人头攒动，有绕了几道弯的长龙。又是一小时才出了关，出关已是 15:10 了。

泰国的曾心与杨玲都发过电子邮件给我，说：出大门，向右走，有人接。见不到人，就去 3 号门。我出来后，看看没人，就往 3 号门走，很快就看到有人举着我名字的牌子，原来是泰国华文作家博夫。博夫是张家港人，与我算半个老乡，我们电子邮件通过很久了，却是头一次见面。他从泰国靠金三角的北部来，要乘 12 小时的火车才能过来，真让我感动。很快，我见到了老朋友曾心，与《新中原报》副刊的主编杨玲。曾心古稀年纪了，精神还是那么好。杨玲发过我不少作品，虽为初次见面，却没有丁点陌生感。

这次，泰国留中总会邀请了三位嘉宾，台湾的著名诗人林焕彰昨晚就到了，还有一位是原福建省的作家协会副主席、著名评论家刘登翰教授，是中国研究海外华文文学元老级的人物，这两位都是我老朋友。

刘登翰原本应该比我早到，但很不顺，没有买到厦门直飞泰国曼谷的航班，只好先到广州，再转飞曼谷，结果又是所谓的"空中管制"，误点四小时，愣没赶上广州到曼谷的航班，只能签下一班。起了个大早，赶了个晚集。

曾心安排我住在帝日酒店 655 房间，是一家四星级宾馆，泰国华人开的。泰国留学生中国校友会总会的办公室也在这楼里。放下行李后，博夫陪我去泰国留学中国校友会总会，博夫很有心，送了我一张泰国的电话卡，我当即给家里打了电话，报一下平安。不一会，来了张永青、岭南人、许文谦、林太深、莫凡、苦觉等人大家一起闲聊。

许文谦送了我《乐山乐水》《青青河边草》《不尽江河万古流》三本散文集，林太深送了我《佛塔影下》散文随笔集。

晚上是留中总会主席张永青宴请。张永青曾留学厦门大学，现在是利亿实业公司等多家大公司的董事长，还是泰国中华总商会常务会董，头衔有一大串。

吃晚饭时，来了吴小菡，系泰中文化妇女慈善会会长、泰中经济协会副会长，《泰国风》杂志总编辑。她送了一本新出的《泰国风》，是一本新闻、政治、经济、文化的综合性杂志，文化含量很高。

我们吃到一半，曾心终于把刘登翰教授接到了。曾心中饭前就到机场，前后八九个小时，够辛苦的。作为留中总会的办公室主任，这实在是个称职的人选。

晚饭后，台湾的诗人林焕彰搬过来与我一起住。74 岁的人了却神采奕奕，一头长发，白中微黑，颇有艺术家的风度。他送了我一本其主编的《小诗磨坊》，我回赠了一本新出版的微型小说集子《天使儿》。林焕彰曾经是泰国《世界日报》副刊的主编，我是 2006 年在印度尼西亚的万隆会议上认识他的。这几年，他在倡导 6 行小诗，在世界华文诗坛有点影响。

### 2012年7月8日　星期日，天气晴

客随主便，一切听从安排。上午去曾心的家，来了一辆面包车到酒店，我、林焕彰与刘登翰夫妇一起去。

严格地说是到曾心家的"小红楼",我早就知道这是曾心家隔壁的一个独立的小院子,也是泰国"小诗磨坊"聚会的所在。那院中六角亭子的照片我早在杂志上见过。

院子占地面积不算太大,约400平方米,但像一个小小的世外桃源。最引人注目的是有8棵树,其中4棵芒果树,高高的,绿绿的,遮天庇荫,还有两棵榕树,另两棵热带树种叫不出名。除了这8棵树外,有200来盆树桩盆景,100多个品种,我叫得出的有榆树桩、榕树桩、雀梅桩、紫薇树桩、菩提树桩、黑松树桩、罗汉松桩、五针松桩、五角枫桩、六月雪桩、瓜子黄杨桩等,我叫不出名的有福建茶桩、酸角桩、黑杏桩、中华云母桩、对节白蜡树桩等;有树根包石的,有石嵌树根的,有老根新枝的,有枯桩嫩叶的,有状如游龙的,有仰天长啸的,有观果的,有赏叶的,有看根的,有重形的,有品味的;大盆有之,小盆也有之,大的七八人才搬得动,小的仅巴掌般大,属微型盆景。其中数十盆移植的树桩,树龄高达百年以上,乃盆景中的珍品。看来曾心还是个园艺高手。

院落里有一座六角亭子,庭内有幅红木横匾"小诗磨坊亭",系台湾诗人林焕彰的字,泰国诗人、书画家苦觉镌刻。亭畔有水池,水池有锦鲤,还有几株荷花点缀其中,宜诗宜画宜摄影。

这小园的主建筑是一幢曾心自己设计的二层小楼。楼梯正好穿过一棵芒果树的三叉树枝,颇有味道。楼上是个书房,也可临时住人,据说台湾诗人林焕彰就住过这儿。楼下是个半敞开的空间,朝大门方向题有"艺苑"两字,室内的墙上有"小红楼艺苑"的题匾,系台湾著名书画家孔依平的墨宝,还有书法作品"精彩在多磨",乃中国驻泰国前任大使张九桓书写的。在六角亭方向有"艺景心园"四个大字,乃北京大学著名书法家翁图教授所题。

据曾心告知，来过小诗磨坊的诗人、作家、评论家有中国大陆的、台湾的、香港的、澳门的，有新加坡的，有马来西亚的，有文莱的，这些慕名造访小诗磨坊的文朋诗友、教授学者，不少还留下了题签，如吕进的"是人磨墨，是墨磨人；凉亭在磨坊，诗心离红尘"。舒婷的"众手推磨，诗出如浆"。陈仲义的"独树一楼"。毛翰的"曾经沧海难为水，心守艺园一卷诗"。陶然的"红楼梦醒时，曾心身在十里红尘中"。朵拉的"曾心已圆小红楼之梦，羡慕"。小黑的"因为四棵树而建小红楼，东南亚第一家。感动曾心的用心"等。

这个院落文韵流动，诗意四溢，难怪泰国小诗磨坊的文朋诗友喜欢在这儿雅聚，在这儿切磋，在这儿交流。据说他们每年都会在这里碰面，相当于中国的诗歌沙龙。6 行小诗最初的倡导者是林焕彰，2006 年时，曾心作为他们的牵头人，在小红楼发起成立"小诗磨坊"，参与者有 8 位，有"八仙过海"之誉，现已壮大为 11 位诗人，计有岭南人、曾心、林焕彰、杨玲、博夫、苦觉、今石、莫凡（蓝焰）、晶莹、温晓云、蛋蛋，看来"小诗磨坊"的队伍在扩大，而且在向年轻化发展，这是值得欣慰的。

也许，比起正规的艺术殿堂，比起官办的文化场所，这儿规模还不算大，条件还不算好，但这里的氛围、这里的气息，是和谐的、独立的、自由的、艺术的。曾心与曾心的小诗团队已从这里走向泰华文坛，并走向世界，让越来越多的文朋诗友、越来越多的海内外读者知道了"小红楼"，知道了"小诗磨坊"，如果坚持下去，知名度会越擦越亮，说不定，假以时日，这里会成为世界华人诗人的一个向往的景点。

今天，中国内地、中国台湾和泰国的作家、评论家、诗人相聚于此，实在是一种缘分，无非以文会友。刘登翰是出版过书法集的书法家，他挥笔题写了龙飞凤舞的"云出岫"，在几位诗人的鼓励下，我赶鸭子上架题写了"艺苑情韵"四个隶书。

苦觉也是书法家，他写了一幅字，然后请到场的各位签上自己名，作为雅聚的留念。

我给曾心赠送了我的微型小说集《天使儿》等几本书，与我家属的散文集《木依草集》，以及我姐夫王诗森的书法作品等。

曾心为这次雅集买了几十个小椰子与一堆叫不出名的热带水果。这小椰子烤过的，所以用吸管喝掉椰汁后，用小刀很容易地就把椰肉分离了出来，没想到新鲜椰肉很爽口的。那热带水果我没有吃过，那外表像蛇皮，一问，竟然就叫蛇皮果。我尝了一个，味道谈不上好吃，但可以接受，不管怎么说，我吃过蛇皮果了。

吃过水果，就开会。讨论了"小诗磨坊"今后要开展的活动，如再编《小诗磨坊》第7辑，组织评论家评论等。

我表了个态，愿为宣传小诗磨坊出点力。并向留中总会赠送了东方出版社新出版的一套《中学生不可不读的微型小说名作丛书》，以及我的微型小说集子。

小诗磨坊成立至今已6年多，每年出版一本《小诗磨坊》合集，由林焕彰主编，至今已出版了6本，分别由龙彼德、计红芳、张默（台湾）、吕进、白灵（台湾）、刘登翰先生写序，并在留中总会文艺写作学会举办的文学讲座会和新书发布会上，同时举办年度《小诗磨坊》诗集发布会及小诗研讨会，共6次，每次出席者都达200名左右。在当今日趋式微的泰华文坛怎么说都是一个惹眼的"亮点"。

写到这儿，我自然而然想起了刘禹锡《陋室铭》里的名句

"山不在高，有仙则名，水不在深，有龙则灵。……谈笑有鸿儒，往来无白丁。可以调素琴，阅金经……"套之曾心的艺苑，余稍改动，点窜一回，"院不在大，流文韵则佳，亭不在高，生诗意则妙。……谈笑有诗友，往来无俗客。可以留墨宝，存合影……"

时间过得很快，已过吃中饭的时间了，下午还有重要活动，我们匆匆赶回帝日酒店，为节省时间，就在一家日本风味的店里，每人吃了一碗日本面，好大的碗。我印象中，日本人的碗碟都很小，那菜的量都很少，不知为什么这里竟用了海碗。不知谁又叫了两盘煎饺，我饭量小，只吃了一个，算尝尝味道，似乎与中国的煎饺也没有什么太大的区别。或许原本就是从中国传过去的吧。

我知道下午有不少泰国文坛的老朋友会来。我回房拿了几本签好名的集子。到四楼的会场时，已坐满了。杨玲见我来，对我说："你的两位老朋友在等你呢。"我一看，原来泰国华文作家协会的原会长司马攻先生与现任会长梦莉女士都来了。司马攻是我在1994年新加坡的首届世界华文微型小说研讨会上认识的，梦莉是在1996年头一次去泰国参加第二届世界华文微型小说研讨会时认识的，都是名副其实的老朋友了。老朋友重逢，自然少不了一番寒暄，接着是合影。合影往往比文字回忆更别有说服力，地点、时间、人的精神面貌一目了然。司马攻早已过了古稀年纪，但依然笔耕不辍，集子一本接一本出版，不能不让人佩服。

我向司马攻、梦凌等赠送了我的签名本，还向泰国作家协会赠送了我主编的《美洲华文微型小说选》《欧洲华文微型小说选》《大洋洲华文微型小说选》等多本集子。

我看了会标，今天是由泰国留学中国大学校友会总会文艺写作学会主办的"学会5周年庆文学讲座,暨《水过留痕》《2012小诗磨坊》新书发布会",会场座无虚席,后到的添了加座,我粗粗数了一下,大约有220人左右,这在海外的华人文学活动中,绝对算是大场面了,可见留中总会的影响力与号召力。后来才知道,泰国在中国留学的学生有好几万呢,光参加留中总会的就有三千多,且都是"政治上有地位,经济上有实力,专业上有造诣,社会上有影响"的成功人士,泰国曾留学北京大学的诗琳通公主就是总会的永远最高荣誉主席。

泰国留中总会文艺写作学会秘书长岭南人主持了大会开幕。

首先致辞的是文艺写作学会会长赖锦廷,他送了我诗歌、散文集《爱的世界》与游记、言论集《情系大地》,我也回赠了我的作品集。

第二个致辞的是泰国留学中国大学校友总会主席张永青。

接着,应邀出席盛会的泰华作家协会会长梦莉、永远名誉会长司马攻分别在会上讲话。

我注意到,坐在主席台正中的是中国驻泰国大使馆侨务参赞方文国。因为我从事侨务工作22年,曾担任过太仓市政府侨务办公室副主任,所以方参赞的来到,让我感到特别亲切,他的讲话我也特别注意。他有一个很精辟的观点,即到一个地方,如果想真正了解那个地方的人情世俗,通过阅读当地的文学作品是一个好办法。作为侨务参赞,要了解泰华社会、了解侨团、了解侨领,了解侨胞在居住国的喜怒哀乐、酸甜苦辣,那就要读读泰华历史,读读用形象的笔墨状写的泰国华侨华人心灵史。他还特别强调泰华文坛要加强培养年轻人对文学的爱好与参与。方参赞的发言赢得掌声一片。

讲话结束后是拍照留影。

　　下半场的讲座由《泰国风》杂志总编吴小菡主持，吴小菡很有气质，收放自如，驾轻就熟，看来客串主持人不是一回两回了。

　　文学讲座乃留中总会一年一度的保留节目，深受会员欢迎，成了每年的文学盛会。

　　首先登场讲课的是刘登翰，他是来自厦门的著名学者、博士生导师，曾担任过中国世界华文文学学会的副会长、福建省作家协会副主席、福建省社科院的研究员，他演讲的题目《华文文学的大同世界》，主要谈了诗歌的情况，这是他研究的强项。

　　我发现今天我们三个演讲者都穿着短袖中装，且都是白色的，用娱记的术语就是"撞衫"。

　　我第二个讲，我演讲的题目《微型小说的素材、构思与想像力》，主办方已把我们嘉宾的讲课稿印成了小册子，发给了所有的与会者。

　　吴小菡显然在网上查过我的资料，所以在介绍我的时候严重地美言了几句。我从上世纪90年代中期到现在，十多年来，在泰国的《新中原报》《中华日报》《亚洲日报》《新暹日报》《泰华文学》等报刊上一直有作品发表，所以泰国华人读者知道我的比较多，吴小菡称我是泰国读者的老熟人、老朋友。

　　我毕业于上海教育学院，做过教师，又经常在各地讲课，多少知道现在的听众喜欢听什么，所以我讲微型小说创作，结合自己的创作实践，像讲一个个小故事似的，把我想传达给听众的一些创作理念与微型小说界的信息融合在故事里。我注意了台下与会者的表情，还是受欢迎的，我越讲越起劲，忘了时间。这时，主持人传给我一张条子，说再讲十分钟，原来主办方还安排了台湾来的诗人林焕彰也上去讲。我只好向与会者致歉，及时刹车。

　　林焕彰系泰国文坛的常客，无数次到过泰国。他主讲《细读品尝泰华小诗集》，对《泰华小诗集》进行了评析。

　　我在讲课时已看到了老朋友郑若瑟与梦凌坐在后排，趁林焕彰在演讲时，我来到了后排，把我的签名集子分别送给他们。郑若瑟是泰国写微型小说最多的一位作家，出版了多本集子，他现在已是泰国华文作家协会的副会长，他送了我一盒燕窝，还说能否留出时间见面，要请我吃饭。梦凌是《中华日报》副刊的主编，发过我不少作品，这次她带了多份有我作品的样报。她微型小说、散文、诗歌创作几管齐下，是个乐天而热情的人。

　　这次到泰国，我还想见见老朋友陈博文、马凡、黎毅等，遗憾的是黎毅生病了，陈博文与马凡来到会场的，我没有认出来，擦肩而过。

　　讲课到下午 5 点才结束。有不少泰国的新老朋友上来与我们合影，其中有不少是青年大学生，虽然我不知道他们叫啥名啥，但我依然很欣慰，因为他们是泰国华文文坛的未来啊。

　　晚上是泰国留中总会副主席赖锦廷宴请，作陪的有泰国华文作家协会会长梦莉等。

　　因为刘登翰夫妇是第一次来泰国，善解人意的曾心，晚饭后开车带刘登翰夫妇与我去唐人街看看。唐人街的中式牌楼的匾额是泰国诗琳通公主题写的。

## 2012年7月9日　星期一，天气阴

　　昨天的活动结束了，宾主都轻松了，今天留中总会安排我们去游览，用曾心的话说：泰国的佛教文化是一大特色，重点看佛文化。

　　留中总会请了年轻的陈麟祥来带我们观光。到了大皇宫，来早了，还没有开门迎客。我们就去不远处的一个渡口，摆渡去

对岸的黎明寺。

摆渡船窄窄的、长长的，两头高高翘起，与中国的船只大不一样。到了对岸码头，下船时，突然发现水中有上百条鱼儿在水面翻滚。我注意看了，那鱼类似中国的鲇鱼，有须的，嘴大大的、扁扁的，无鳞。大的五六斤，小的一两斤，无不自由自在，快快乐乐，不知是善男信女放生的，还是寺庙前，没有人敢捕捉，反正这些鱼算是找到了最佳栖息地。后来了解到这些鱼是因为有前来寺庙祈福拜祭的人们专门买鱼食和面包投放，自动聚集在码头附近的，不仅数量多，而且对人不怕，还特有好感，人与鱼关系十二分和谐。

黎明寺是泰国的四大寺庙之一，又名郑王庙。千万别误会，这郑王，与郑和、郑成功都无关，而是与郑昭王有关，有意思的是这郑昭王的父亲是华人，故这寺庙不能不看。关于黎明寺的得名，陈麟祥给了我们每人一份中文资料，有详细介绍，估计网上也能查到，就不做文抄公了。印象最深的是主建筑"拍攀"主塔，有近80米高，资料上说此塔有"泰国埃菲尔铁塔"之誉。嗨，远看还真有几分像呢。塔之雄伟，不去说它了，我感兴趣的是塔身上嵌贴着无数的瓷器碎片，拼成各种各样的图案。我推算了一下，这塔大约建于中国清代乾隆年间，有240多年历史，根据年代算，这碎瓷片应该有不少清代早期与明代，甚至元代的宝贝，说不定其中相当一部分来自中国，可惜我不是研究瓷器的，只能以凡夫俗子的眼光粗略欣赏。

我们几个都登上了塔顶，极目四望，步移景换，只听得"咔嚓""咔嚓"的快门声，我也请人定格于异国的美景之中。

出了黎明寺，来到大皇宫。台湾的林焕彰穿的是中裤，门卫不让进，必须去借长裤，但只要押金，不要费用。我注意到门口的牌子的图案，凡短裤、中裤、背心等不允许进寺，被认为是对佛的不敬。

大皇宫我 1996 年来过，几乎没有什么变化，还是金碧辉煌、美轮美奂，就是游客比 16 年前多了许多。稍稍观察一下游客，中国人占了大多数。凭记忆，我在 16 年前拍过照的景点前再次留影，准备回家后翻出老照片，对照着看，一定会发现时光的流逝，岁月的痕迹。

下午，主办方安排我们去泰国留中总会主席张永青的庄园，泰国华文文艺作家协会副会长岭南人与留中总会文艺写作学会副会长廖志营博士陪我们去。顺路，我们去了一家蜡像馆，占地面积有几百亩呢。进门前，我翻了留言簿，竟没有一则中国人的留言，显然这是导游不带中国游客来的景点。我第一个留言、签名，接着刘登翰、林焕彰、岭南人、廖志营等一一留言、签名，留点中文印记。

蜡像馆的人物像真的一样，极为逼真，可惜我看不懂泰文，不知何许人物也，但看衣着打扮与背景布置，不是历史伟人，就是宗教领袖，有在办公的，有在沉思的，有在看书的，有在书写的，有在布道的，有在探险的。突然，我看到了一个熟悉的面孔，这白发白须的不是越南的胡志明主席吗！他拿着蘸水钢笔正在写着什么，我站在其身后照了一张。总算看到中国人的蜡像了，毛泽东与邓小平对面对坐在沙发上，可惜最多三分像。最滑稽的是背景是一个大大的繁体字"义"字，还有多幅书法作品，都是口号式的，有"上山下乡""阶级斗争""改革开放"等，混杂不搭，可惜当时没有拍下了，内容记不真切了，只记得那毛笔字写得像小学生的作品，看来蜡像馆主人对中国文化还是隔膜的。

蜡像馆有几十间建筑，分好几个展区，有不少是关于佛教的。在露天，有多尊高大的青铜佛像，造型大气，神态安详，掩映在绿树丛中。

到张永青庄园快 5 点了，张永青与他的助理已恭候多时了。这庄园位于一座山脚下，占地 200 来亩，已造了多幢建筑，开挖了河道与湖泊，还建有游泳池，栽种了大量树木花卉，引来不少鸟类，生态一流。

我们下榻在一幢新建的二层小楼，有 8 个房间，我们每人一间。有空调，有电视机，有卫生间，与正规的宾馆几乎完全一样。

晚饭是在距庄园不远的县城里的饭店吃的，说是县城，只相当于我们江南的一个镇级规模。

晚饭后，张永青建议大家去游泳，放松一下。岭南人、林焕彰、刘登翰、廖志营等都下水了。我带了游泳裤，本也想游一会儿，到了游泳池，突然想起照相机与手机的电池都没有电了，赶紧回房去充电，要不然明天就拍不成照片了。本来我照相机与手机都有备用电池，但经东航托运行李后，发现两块电池都没有了，不知是被没收了，还是被偷掉了。

晚上，我打开电视机，发现有 400 多个频道，可惜都是泰语，听不懂，只调到两个中文台，一个是央视的中文国际频道，内容与国内的中央 4 台不太一样，一个是泰国的中文频道，还有一个放中国影视，打中文字幕，却讲泰语。

## 2012年7月10日　星期二，天气晴

6: 30 起床，一个人去庄园散步，凤凰树的红花开得烂漫绚丽，到处鸟儿鸣叫，空气真好。

从堪舆的角度讲，这庄园的风水极佳，背有山，有山则有靠，前有河，有水则活，庄园内土地略有起伏，有草坪，有大树，是一个理想的高尔夫练习球场。

听岭南人介绍，张永青有多个橡胶园，最大的占地4000多亩。

庄园内有个大凉亭，放置着两张用整块原木制成的大桌子，用树根制成的多张椅子，古色古香而又自然环保。早饭就在凉亭里吃，由张永青的助理及负责打理庄园的员工来服务。粥，可能是他们烧的，菜，估计是外买的，还准备了多种水果。大家边吃边聊，海外见闻、国内形势，扯到哪儿是哪儿，无拘无束，很是休闲、惬意。

10点，我们离开庄园，顺路停车佛统寺，是一座数十米高的黄色琉璃瓦的塔。印象较深的有四点：其一，有一棵倔强峥嵘而又高大古老的菩提树，少说也有几百年，甚至上千年；其二，塔中有塔；其三，有多座中国石雕像，如中国庙宇的风调雨顺四大金刚，如中国的门神秦叔宝、尉迟恭等；其四，为了防备游客在庙宇墙上乱涂乱写，专门准备了黄色的卷筒长布，供游客书写留言。我写了"佛缘"两字，签下了"中国江苏省太仓市作家协会凌鼎年2012年7月10日"字样，他们见我写了，也一一留言、签名。

我动作快，在他们慢慢转悠的时候，我一个人寺里寺外转了个遍，在寺庙大门口，见到上百个僧人，我拍了多张照片，有僧人打手机的，有僧人买东西的……

离开佛统寺，我们又去了佛教城。这里占地面积更大，估计千亩以上，中心是一座佛的立像，建有一座硕大的台座，四周乃大广场，可容纳几万人，有水池，有喷泉，有草坪，有绿树。那天，是到泰国最热的一天，紫阳当空，天空瓦蓝瓦蓝，云朵洁白洁白，让人心旷神怡，特别的是有一片云彩，状如凤凰展翅，美丽之极，把佛像的背影摄为背景，更是神奇之极。

不知是天太热，还是没到佛的活动日，反正偌大的广场，我们几个成了仅有的游客。令人不可思议的是，有位工作人员拿着话筒，不停地对着空旷的广场说个不停。不懂泰语的我们也不知他在说什么，但他敬业着呢，好似面对千万游客，不停不歇，自顾说着。

中午，岭南人与廖志营带我们去一家以吃大头虾出名的饭庄。那大头虾果然大，是普通虾的好几倍，比一般明虾还大，我们三位嘉宾每人两只，用一句广告语就是："味道好极了！"可以说是名不虚传。

16：30 回到曼谷，依然下榻帝日酒店，从 655 房间变为 855 房间，上升了两层。

杨玲给了我 7 月 4 日的泰国《新中原报》，整版推出"凌鼎年微型小说专辑"，发了《辐射鼠》《吉尼斯纪录认证官来到鹅城》《偷界研讨会》等三篇，配发作者简介，与我们去泰国文学讲座的文讯。

梦凌电话告知《中华日报》7 月 9 日发了我的散文《中国墨舞大师李斌权》，我请陈麟祥找到了报纸。

曾心陪我到他办公室对面的礼品店买了 7 件锡制品小礼物，我回国送朋友的。他一出面，商家卖他面子打 6 折，便宜 4 成。曾心还买了一尊泰猴王像送我，是一尊空心的头像，也不知是什么材质的，佛教的头盔头饰金光锃亮，脸部是蓝色的，有脸纹面饰，与京剧脸谱、川剧变脸的脸谱相似，但一看就知是泰国风格。记得 16 年前，我离开曼谷那天，泰国华文作家马凡送了我一尊青铜的欢喜佛，我至今供在家里，常常不由自主地想起马凡。

晚上，泰国华文作家协会宴请我们，会长梦莉真的很客气，订了一家曼谷最高档的酒家，说是请我们吃海鲜，我们几个都认为没有必要如此破费。在我们的坚持下，后来由曾心代为重订了一家"建兴酒店"，以吃海螃蟹出名的，门口高悬的一个圆形灯箱大招牌上，就是一只巨无霸螃蟹。

泰国华文作家协会的名誉会长司马攻与现任会长梦莉都来了，曾心也是泰国华文作家协会的秘书长，自然也参与，作陪的还有赖锦廷、岭南人、廖志营与若萍。

其实这家酒店也是以经营海鲜为主，那螃蟹、虾、鱼都烹调得很入味。

饭后，我们与梦凌、司马攻等一起拍照留影，其乐融融。

## 2012年7月11日　星期三，天气晴

9：45 出发，我们去泰国是拉差龙虎园，岭南人与林太深作陪，林太深也是留中总会文艺写作学会的副会长。

龙虎园位于泰国的春武里府之是拉差村，邻近著名海滨城市芭堤雅。它是在 1997 年 4 月开张的，是世界上最大的龙虎园，占地约 100 多公顷，按 1 公顷等于 15 亩算，估计占地有2000 亩，目前已成著名旅游景点。

龙虎园之龙，指的是鳄鱼，虎就是孟加拉虎与华南虎。路上，岭南人要我们猜猜看，这龙虎园一共养了多少头老虎。既然这样问，估计不会少，好，使劲往狠里猜。有人猜 30 头，有人猜 50 头，我拍大胆子，来个狮子大开口："100 头！"竟然还是没有猜对，难道 200 头？300 头？最后的结果让我们几个惊得目瞪口呆——500 多头，是世界上人工饲养老虎最多的。而鳄鱼呢，竟有十万多条，这数字够吓人的。其他不说，光养活这些饕餮之徒，就不是一件容易的事，老板的实力可想而知。

华文作家今石是龙虎园负责接待华人旅游团的主管，也是小诗磨坊的成员，他早早等在门口迎候了。因为已到吃饭时间了，今石直接把我们带到了贵宾厅。龙虎园的主人张祥盛来了，

他是泰国留中总会的永远名誉主席，一位成功的华人企业家。已七十开外了，却精气神十足。他告知：在这间贵宾室里，已接待过多位中国的党政领导人。

张祥盛今天高规格接待我们，请我们喝以色列葡萄酒，请我们品尝鳄鱼大餐。第一道菜端上来的是"鳄尾胶靓汤"，那色、香、型、味都与甲鱼的裙边差不多，原来那是鳄鱼尾巴上一块块三角形的鳞片里的肉，据说特别补肾，说白了就是壮阳。张祥盛介绍说，对男性前列腺特别有疗效。第二道菜是"清炒鳄鱼肉"，那样子、那味道与清炒鸡肉差不多，一点没有异味，且极嫩。第三道是"红烧鳄尾胶"，烧法不一样，加了佐料，就更入味了。第四道菜是"红烧鳄鱼掌"，估计文火炖了很久了，很酥很醇厚的感觉，我没有吃过熊掌，但感觉像在吃熊掌。张祥盛说这菜的另一个名称就叫"赛熊掌"。第六道菜是"绿咖喱鳄鱼肉"，咖喱我吃过，但绿咖喱倒是头一次品尝，别有风味。最后一道是"过桥米线鳄鱼片"，每人一份过桥米线，与一份生的鳄鱼肉片，再每人一碗滚烫的靓汤，把鳄鱼肉片像涮羊肉似的涮一下就可吃了。

台湾诗人林焕彰是张祥盛的老朋友，岭南人他们不说常来常往，应该来过多次，他们有没有品尝过鳄鱼大餐我不知道，但我敢打赌，大陆来的三位绝对是第一次享此口福。

张祥盛是个极健谈的人，他在席间谈到了不少养生之道、为人之道与企业经营之道，如"财布施、法布施、无畏布施"等，让我们几个得益匪浅。他还谈到了《了凡四训》，这对大多数人来说，是个极为陌生的书名，刚巧前几年我去江苏吴江调查太仓明代画家王时敏书法对联砖雕的来源，无意间了解到《了凡四训》乃明代嘉靖、万历年间的思想家袁了凡所著，袁了凡系吴江人。我知道鲁迅对袁了凡也很推崇。我一说袁了凡，张祥盛有遇到知音之感，话题更投机了。张祥盛叫今石去拿来了盒装的线装本《了凡四训》，与北京佛教文化研究所出品的七集大型系列公益人文记录碟片《和谐拯救危机》，赠送我们每人一套。无疑，张祥盛是个近佛近禅、善心善行的人，难怪他的事业越做越大，越做越旺。

饭后，我们与张祥盛合影，握手作别。作为龙虎园的董事长，他的社会兼职一大串，国内的国际的，要忙的事太多了，我们不能耽误他太多时间。这后，由今石陪我们游览。今石问我们敢不敢与小老虎合影。我知道有今石在，应该是安全的，再说这样的人生经历这辈子可能就这一次，岂能放弃？我就第一个坐了上去，工作人员把一块红色的浴巾放在我膝盖上，然后，把一只3个多月的小老虎放到了我膝盖上，并随手把一只大号奶瓶的奶嘴塞到小老虎嘴里，让我右手拿奶瓶，左手抚摸小老虎背脊的顺毛。这只小老虎有成年狼狗那么大那么沉，那虎皮斑纹真的很好看。我抱的可是真老虎啊，没点心理素质还真可能有几分害怕，不过我知道只要它在吸吮奶汁，不可能咬人。我摆好姿势，让工作人员拍了一张与小老虎亲密接触的照片。在此期间，小老虎不知怎么停止了吃奶，虎嘴离开了奶嘴，工作人员立马上前，再次把奶嘴以最快的速度塞到了小老虎嘴里，有惊无险。

我做了榜样后，他们几个也鼓足勇气拍了与小老虎的合影，留下了难得的纪念照。

应该讲，这小老虎还是比较温顺的，看不出有多少野性。后来我们发现，有一只两三百斤的老母猪躺在一个铁架子中，有几只小老虎与猪崽同时在吃奶，原来张祥盛利用老母猪多奶头的优势，让它替代了虎妈妈。老虎只有两对奶头，且常有弃子不喂的现象，因此老虎的成活率极低，而老母猪有12~16个奶头，可同时喂养多只虎崽。由于从小喝猪奶，与猪生活在一起，这虎性自然大大减轻，成活率也就大大提高。看来这龙虎园的能人、高人很多，科技含量不低啊。

这龙虎园里除了老虎与鳄鱼外，还有多种其他动物，我与大猩猩、梅花鹿、袖珍马等一一合影。那大猩猩还穿着橘黄色的背心，憨态可掬。我与之并肩而坐，没有丁点害怕。与蝎子姑娘合影时，反倒有点紧张，那秀气而文弱的女孩胸前爬满了上百只张牙舞爪的黑蝎子，她却一脸若无其事的神态，也不知怎么训练出来的。那姑娘还把一只蝎子放到我手心里，黑蝎子的尾巴不停抖动着，似乎随时会出击，有一种瘆人的感觉。

在今石的带领下，我们看了大象表演。看似憨笨的大象，其实聪明着呢，会踢球、投篮、跳舞、倒竖，做多种高难度的动作。最难忘、惊险的一个节目，是请一位大胆的游客进场，蒙住眼睛，靠板站着，在他胯下和左右各放一只气球，然后牵一只小象上来，让小象甩长鼻子把气球打破。如果不蒙眼，当事人看到大象的长鼻子向他砸来，说不定会尖叫起来，吓得尿裤子也有可能。这种赢眼球的事，只有那些玩命的小年轻会上。结束前，大象还会来向观众鞠躬致谢。有游客买了芭蕉等喂给它吃，也算来自观众的犒赏，也有人把泰铢递给大象，它长鼻子灵巧地一卷，就给主人了，精着呢。

最后一个节目是去看驯鳄鱼表演，这我也看过，对我来说已无所谓新鲜感，但对头一次看的，难免有一惊一乍、胆战心惊之感，最骇人的是驯鳄师把手伸进鳄鱼喉咙里、把头放进鳄鱼嘴里，这无论怎么说都是有危险性的。加之音乐的配合，常把观众的心吊到嗓子眼，不时听到极度兴奋或恐惧的尖叫声。

按常规，结束后游客只要有胆量、肯花钱，可以下到表演的池子里，与那两米以上的大鳄鱼拍照。可能那两条鳄鱼太大了，还张着血盆大口，竟没有一个游客敢下去。今石问我要不要去拍张照。我想都没有想，就说："拍！"在驯鳄师的引导下，我骑到了相貌丑陋的庞然大物之鳄鱼背上，把相机交给了驯鳄师，我开心地挥动着右手，驯鳄师熟练地正面、侧面各拍了一张。有人说："你胆子真大！"其实有一颗童心而已。有不同尝试、不同体验，就能写出不同韵味的文章。

整个龙虎园人头簇簇，据今石讲，今年的游客量呈井喷态势，从来没有这么多的游客，而百分之五十以上是中国人，他由衷地说真的很感谢中国的经济繁荣。我相信这绝对是真心话。

离开龙虎园，我们去住宿，是芭堤雅的一家五星级宾馆，11楼、海景房。太阳快要落海了，海之上空晚霞灿灿，美不胜收。

放下行李，岭南人与林太深又带我们去芭堤雅海滩看看。最后登上临海的一个山头，有一个海军将军模样的铜像，也不知何许人，总归是泰国名人吧，借此做背景拍照确乎很气派。在这儿俯视海景，一览无遗，海风拂面，爽哉快哉。

张祥盛给我们订了 19：30 观看人妖表演的票，我们来不及吃晚饭，先去剧场。门口霓虹灯闪闪烁烁，光怪陆离，已是人头涌动，至少四分之三是中国面孔。我留意了票价，分 1000 铢、800 铢、400 铢三种，按兑换率 5：1 算，合人民币 200 元、160元、80 元，比之国内的演出价，应该算便宜的。16 年前来泰国时，我看过人妖表演，也是在芭堤雅，那种大场面使人联想起中国的《东方红》大型舞蹈与朝鲜的团体操演出，我很感慨，很想写一篇《人妖表演是高雅艺术》的文章，但朋友都说不可能发表你这种观点的文章，后来就没有写。这次再看，不知是否有所不一样？

张祥盛主席真是手眼通天，他预定的位子是第一排最中间的，看得不要太清楚喔。我数了数，一个多小时的演出，大约有 10 位男演员、28 位人妖。表演的节目有中国内地的、中国台湾的、泰国的、俄罗斯的、印度的、日本的、越南的、柬埔寨的、欧洲的，那服饰美得让人惊叹惊艳，那舞台布景，称得上异彩纷呈，且不断变化，像中国川剧的变脸，够你眼花缭乱的，我觉得央视春晚的导演可以来取取经。

因为坐第一排，看得仔细，我发现那些人妖比女人还女人。记得 16 年前，我看人妖时，发现他们远看虽说漂亮，但近看皮肤粗糙，喉结突出，说话粗声粗气，但这次的表演者，个个皮肤细腻、洁白，看不出喉结，且腰身也单薄，完全不像男儿身，我简直怀疑这些所谓人妖会不会就是女性。或者 16 年后的今天，变性技术进步了，药物先进了，已使得男女难分，真假难辨了。

我看了演出安排，他们一个晚上要演出 17：30、19：30、21：30 三场，无论怎么说，够累的。平心而论，这些演员个个都很敬业，还始终面带笑容。最重要的，整场演出，没有任何色情的、三俗的，更不要说有露点的，唯一的一次插科打诨，是两个年纪稍大的人妖胸前弄了夸张的假胸，一抖一抖而已，比起我们国内的某些荧屏节目、舞台演出，要干净得多，严肃得多。这与中国梅兰芳的男扮女装，与李玉刚的反串演出虽说不是一回事，不在一个层面上，但都属艺术的范畴，我坚持我的观点：泰国的人妖表演是高雅艺术！

演出结束后，有少数几个人妖会到剧场门口与观众见面、合影，只要 40 铢，合人民币约 8 块，在中国旅游景点与骆驼、牦牛等拍张照都不止这个价钱。泰国的消费水平比中国低，去泰国旅游正是时候。

对于人妖，我们为什么会误读误解呢？可能与我们媒体的片面宣传有关系，与我们不少人看到的假人妖有关系。据说海南、广东等地有零星的跑单帮的人妖，他们袒胸露乳、搔首弄姿，可摸可捏，诱惑游人，以赚钱为唯一目的，从而败坏、弄臭了人妖的名声。

看演出结束后，我们去吃晚饭。点菜时我们几个都说要清淡点，以素菜为主。芭堤雅的夜市是喧嚣的、热闹的，但我们只想早点休息。

## 2012年7月12日　星期四，天气雨

我在来泰国前查了曼谷的天气预报，都是下雨天，因为泰国已进入了雨季，但我们运道好，在泰国这几天不是晴天就是阴天，没有淋到雨。今天我们要回国了，下起了雨，下吧下吧，反正也不出去玩景点了。

在宾馆吃了早饭后，还有点时间，林焕彰提出去靠海景的咖啡吧坐坐。我步子快，他们跟不上我，我就一个人走出了宾馆的后门。嗨，景色不错，有高高的椰树，有叫不出名的热带花卉，有淡水游泳池，有雕塑，有酒吧，有长长的海滩，有围着网的海滨游泳池。只是有蒙蒙细雨，偌大的海滩上只偶尔有几个人影，不过，有若干胆大的在雨中的海水中做浪里白条。我不管他，独自一个人沿着海滩走着看着，不时拍几张照片。走着走着，我很意外地发现一个年轻的姑娘孤零零地坐在海滩上，任毛毛细雨飘飘洒洒在她头发上、在她身上。如果是在国内，我会怀疑是否失恋了，来自杀的？但在海外，什么稀奇古怪的事都会发生，大惊小怪反而会被认为少见多怪。我慢慢走过去一看，是欧洲人，她显得极为平静，一动不动地望着大海，既不像是打坐，也不像是练功，更不像失恋，是寻求返璞归真后的宁静，是在此吸纳天地之灵气，抑或来参禅，来冥思，来忏悔，来觅灵感？我无从得知，我没有惊动她，轻轻地走过。

沿海滩都是高档宾馆，都是几十层的高楼，各家有各家的

景致，在此观光，别有一景，别有韵味。走了一段路后，雨突然大了起来，我只好迅速返回。回到宾馆，看到刘登翰、林焕彰、岭南人等在聊天，就参与了进去。

我的航班是 13: 35 的，从芭堤雅到素万那普国际机场要两个小时，10: 00 左右我们出发去飞机场，12 点不到就到了机场，与岭南人、林太深、刘登翰依依惜别。刘登翰回厦门，没有今天的航班，他要到 14 号一早回，林焕彰比我晚几个小时的航班回台北，与我一起进机场大厅，他准备去碰碰运气，看能否签票提前走。

泰国的航班很正点，同样是东航，在曼谷机场几乎一分不差地飞上了天，闹不清为什么一到中国就这个原因那个原因，误点成了家常便饭。飞机在浦东机场降落也很正点，大约 18: 30。出关，拿行李，再到 2 号线换 11 号线，到嘉定下，再换公交车，再打的，到家 22: 30，差不多是泰国曼谷到上海浦东机场的时间。

六天的泰国之行结束，总体来说顺利、圆满，享了口福，饱了眼福，重逢了老朋友，结识了新朋友，收获不小，不虚此行。

# 以色列七日日记

**2012年9月2日　星期日，天气阴雨**

　　这次去以色列参加第 32 届世界诗人大会的中国诗人代表团团长北塔要求我们 18 点到首都机场 3 号航站楼集中，再三关照说以色列的安检很严，安检时间可能较长。

　　我们的航班是 22:00，时间应该绰绰有余，但北塔的意思还要在机场搞什么出发仪式。我不是诗歌圈内的，这次去纯粹是去玩的，时髦话就是"打酱油"的，无非冲着以色列很难去才决定参与，所以我原本想仪式之类就不参加了。我从天津参观"基辅号"航母回到北京南站，17 点多，如果回到市里吃晚饭，又要麻烦朋友，又耽误时间，干脆叫接站的王师傅直接送到了机场。

　　到机场后，在办理登机牌处见到了北塔、冰峰等文友。北塔又关照前一两天到北京的外地诗人，千万别说出过机场，就说直接转机，未出过机场，否则，会被再三盘问，麻烦多多。他给每位诗歌代表团成员发了一个中英文的胸牌，上面有"第 32 届世界诗人·中国大陆诗歌代表团"字样。

　　检查果然很严，在出关前先得查一遍。俗话说"秀才人情纸半张"，都是诗人，去参加世界诗人大会的，自然要带些书去，与各国诗人互相赠送、交流。有一本香港青桐国际出版公司刚出版的《中国诗选 2012（汉英双语版）》，是特地为这次大会编印的，准备托运 200 多本过去。谁料到这批书遭到了重点检查的特别待遇，来了一位年轻而漂亮的以色列女检查官，敬业的她不厌其烦地把每包书都打开，每本书都翻一遍，似乎每本书都有嫌疑。我在想，是不是担心有不法分子把书挖空，把手枪或炸药、毒品之类放在里面，而托运的书多，如果嫌麻烦，稍一疏忽，就可能有漏网之鱼，酿成悲剧，估计这种情况以色列已碰到过，要不然，没有必要如此严苛的。

我因为从上世纪90年代到现在基本上不再写诗，仅在上世纪90年代初出版过一本诗集《心与心》，早不以诗人自居，给自己的定位是"曾经的诗人"。这次说起来是抱着旅游心理去的，但跻身于诗人队伍，两手空空终究不是光彩的事，所以，我把以前有电子版的诗歌整理了一下，出版了我的第二本诗集《岁月拾遗》，算是对曾有的诗歌热情的一种回忆、一种纪念，留若干痕迹吧。我带了十几本诗集，做交流之用。这是我出国参加文学活动带书最少的一次，却是碰到检查最严的一次。那以色列女检查官依然一本本翻，我则静静地看着。她突然用带点洋腔的汉语问我："这些书是你自己的，还是别人托你带的？"我指指胸牌，她见我穿着唐装，又不年轻，就对我说："我觉得你像书法家。"还补充了一句："我正在学中国的书法。"看来我没有诗人气质，连外国人也看出来了。我开玩笑说："我，中国武术。"她一听，立马说她还在学中国的太极拳呢。看来是一个爱好中国文化的以色列姑娘。

候机楼很大，去以色列的不多，我们找了个无人的区域坐了下来。离起飞尚早，北塔按计划搞了一个仪式。说起来都是写诗的，但来自全国各地，互相之间并不个个认识，就一一介绍。记得有彝族的，有蒙古族的，有撒拉族的，还有几个书画家，是去以色列办画展的。

北塔是团长，冰峰与赵剑华是副团长，冰峰负责宣传，赵剑华负责财务，周道模会英语，为团长助理，兼负责翻译。共有22位诗人、6位书画家，据说是历年来中国诗歌代表团最庞大的一次。北塔讲了大会的日程安排后，又强调了安全问题。之后，把带去的中国诗人代表团旗帜拉开，一起拍了合影。冰峰则在第一时间发到了"作家网"上。

在机场吃了面，吃了点水果，21：45上飞机，误点一小时才飞。乘中国的飞机，这司空见惯，也就见怪不怪。

## 2012年9月3日　星期一，天气晴

我与北塔坐在一起。他是江苏吴江人，算是半个老乡。目前他在北京的现代文学馆工作，他大学读的外语专业，所以他与海外打交道有优势，担任世界诗人大会中国办事处的主任。

我也算老出国的，知道飞以色列十来个小时，有时差，如果飞机上不休息好，到后就会很累，所以凡长途飞行，我除了睡觉，不做其他事。我吃了一粒晕机药，这有镇定、安眠的作用，很快我就睡着了，大约4点我醒了一下，小便后接着再睡。以色列时间3：30航班在以色列本·古里安国际机场落地。

以色列这个国家对中国的老百姓来说，是一个陌生的、神秘的、遥远的、充满着许多未知之谜的国度。如果街头民意测试，问对以色列的印象，我估计答出最多的可能有两条，一是以色列人聪明；二是以色列人精明。因为以色列人是犹太人种，据统计从1901年到现在共有170名左右的犹太人或具有犹太血统的人获得诺贝尔奖，占诺贝尔奖总获奖人数的百分之二十二。光以色列建国后，就有8位以色列人获诺贝尔奖。而犹太人中的各界名人可以说比比皆是，最有名的恐怕就是基督教的创始人——耶稣；科学家有爱因斯坦、冯·卡门等；文学界有海涅、卡夫卡等；艺术界有卓别林、毕加索等；思想界有马克思、弗洛伊德等；政界有托洛茨基、基辛格等；商界更是人才辈出，像洛克菲勒、摩根等世界著名大财阀，与英国荷壳牌公司创始人、牛仔裤

创始人、美国连锁店的先驱等都是犹太人，还有像我们耳熟能详的路透社的创始人路透、普利策新闻奖的创始人普利策也都是犹太人。当然，我只是稍稍举了其中几位中国读者比较熟悉的名字而已。如果列个详细的名单，更会令人瞠目结舌，不能不对犹太人肃然起敬。不过，可能莎士比亚的经典剧本对中国读者的影响太大，犹太人的吝啬也很出名，此印象也深入人心。

几十年来，可能因为美国支持犹太人复国，以色列与美国结盟，于是，在意识形态领域里，我们习惯性把以色列划到了非友好国家的行列。但近年思想解放后，在网上也出现了不同的声音，有一种说法：以色列人对中国十分友好。原因是在第二次世界大战时，德国法西斯迫害、杀戮犹太人，世界不少国家见犹太人唯恐避之不及，而中国人对犹太人表现出了难得的宽容，在上海虹口区有约 5 万来自世界各地的犹太人避难者，上海的百姓用各种方法保护了他们，使虹口区成了犹太人的"诺亚方舟"，使他们逃过一劫。

平心而论，以色列人对中国人还是颇为友好的。譬如，我们到以色列首都特拉维夫的本·古里安机场后，来接机的是一位留着长发的以色列的诗人哈仪木·多坦，大概花甲年龄吧，略懂中文。他是义务来做我们的向导的，自己开了小车来的，一则以诗会友，二则他热爱中国，更重要的原因他母亲就是二次大战时在上海虹口区避难的犹太人之一。他给我的竟然是中文的名片，印着"渡堂海教授"，原来这是一位在世界建筑行业享有盛誉的建筑大师，因为喜欢中国，他特地在北京开设了"北京德稻教育机构"，在上海开设了"德稻大师工作室"等，为中国多个城市与景区设计了不同凡响的高端建筑。他的装帧设计还获得过2011 年上海图书装帧设计奖。我们都亲切地叫他"阿渡"。阿渡很随和，很快熟了，他拿出他出版的诗集，让我们大吃一惊的是竟然是华东师范大学出版社出版的中文版诗集《沙漠回音》，他还拿出中文报纸让我们看，原来是世博会期间，中国记者采访他的长篇报道。我们赶快拍下来，并纷纷与他合影，那一刻，阿渡的高兴是从心里溢出来的。

对阿渡这样的世界大师级的建筑设计师来说，每分钟都是钱，他的时间十分金贵，但我们中国诗人代表团到后，他硬是放下了他手头的工作，挤出时间来陪我们。一个大师级的人物，甘心为我们做义务导游，还尽心尽责，任劳任怨，不能不让我们感动。

我们降落到特拉维夫的本·古里安机场，是以色列时间凌晨3点多，阿渡早到了，那一晚，他几乎没有睡。因为还要等西班牙的两位诗人，在机场耽误了一个多小时。以色列的宾馆一般12点以后才能住进去，阿渡建议我们从机场直接去雅法古城，游玩到吃饭再去住宿。因为正式报到后，进入开会程序，可能就没有时间去游玩雅法了，而到了以色列，不去雅法是很遗憾的事。雅法系古老的港口小城，有4000多年的历史，是世界上最古老的城市之一，在《圣经》中都有记载。相传大洪水后，诺亚方舟的建造者诺亚的儿子雅弗发现了这个高出海湾的山丘，此处又可俯视海湾，居高临下，可进可退，便定居于此，根据他的名字这儿命名为"雅法"。雅法古迹众多，被联合国教科文组织列入《世界遗产名录》。雅法与特拉维夫都属首都范围，一老城一新城，相辅相成。在阿渡的带领下，我们来到了晨光熹微中的雅法码头。细心的阿渡从他的小车上拿来一大包面包，说充充饥，边吃边玩，两不耽误。诗人们在码头取镜头，觅灵感，各有收获。

我是个动作比较快的人，见大伙儿都慢慢悠悠地拍照，我与冰峰早转了一圈。后来，我又快马加鞭地一个人朝前走，边走边看，边拍照，等我发现没有其他人跟进时赶紧往回走，结果只看到一个叫梅尔的女诗人在打手机，其他人全无影踪。梅尔是爱写诗的企业家，儒商，估计在联系生意上的事。我一路小跑走到停车处，人也没有，车也没有。我再往回走，发现梅尔还在通电话，我问她："人呢？"她竟然不知道。我与她往前走，还是没见到我们的人。在异国他乡，又是在安全系数极低的以色列，加之语言不通，脱离了大部队是有危险性的，但我想他们动作再快也不至于一下跑得没影吧。我想起阿渡说过要带我们走街串巷，我估计一定是去了古街。当机立断，我与梅尔也去古街。古街在海边的一个小山坡上，要拾级而上。这依山而建的老街竟然有4000 年历史了，我们苏州的老城有 2500 年历史，就算很古老了，谁知当今世界还有 4000 年的古镇老街。这古城道路狭小，且高高低低，曲曲弯弯，几乎清一色的石头建筑，那石板路在千年岁月中磨得锃光发亮，闪烁着历史的沧桑，透露着谜一样的信息，没人带就像进了八卦城。我找人要紧，也就无心细看，但注意到都是咖啡吧、小饭店，以及手工作坊与卖古玩的店铺，有点类似我国的历史文化名镇周庄、乌镇等，我甚至怀疑这些是否原住民开的？因为时间尚早，几乎还没有开店营业，看来这里主要是夜生活。不过这里确实值得看，还有教堂、古炮台、铜雕、石雕、古树、石阶等，任何一个角度都能拍出有味道的照片。转了一圈，就找到了大部队。他们在阿渡的导游下，正优哉游哉地转着，拍着照。

阿渡说，世界诗人大会一结束他就飞中国，他为中国设计了多座别出心裁的大型建筑，有一座城堡，从设计效果图看，犹如童话世界，可惜我忘了问将落户在哪个城市。我记住了有一座让人匪夷所思的玻璃桥，是为湖南的张家界景区设计的，架在两山之峡谷中，烟雾缭绕中，只见众多游人如踏云而行，凌空于两峰之间，根本看不到桥，这设计的理念也够绝的。不知这玻璃桥开工了没有？我想竣工后，一定会轰动的。

阿渡，给我留下了深刻的印象，因为他不仅是建筑大师，还是诗人，一个从心底里热爱中国的以色列诗人。

离开码头，阿渡带我们去以色列首任总理本·古安的故居去参观，故居是一幢独立的小楼，门口有带枪的门卫，包与矿泉水等要寄存，但门卫始终面带微笑，很是友好。

有位年轻漂亮的讲解员来为我们讲解，可惜，一句也听不懂。我们团里有北塔、周道模、朱赢、徐素娟懂英语，经他们断断续续的翻译，大意说：我们现在看到的总理本·古安故居，要比原来的大，是在原建筑的基础上扩建、改造的。如今的本·古安故居，除了保持总理当年的日常生活的东西与摆设，最引人注目的是书房，那一架架书橱都倚墙而设，顶天立地，不少都是精装书，有英文的，有法文的，有德文的，有西班牙文的，据介绍有 11 国文字的书，当然更多的是希伯来文，估计政治类、经济类、军事类、地理类、文学类的书都有。书架并不豪华，但朴实而真实，那种书卷气扑面而来。我忍不住坐在书桌前拍了一张照片。后来，有好几个看样学样都坐在书桌前留了影。

讲解员还安排我们看了介绍本·古安的录像，可惜语言不通，只能看看画面。在这幢建筑里，陈列有大量的老照片，我认得出的，有本·古安与肯尼迪、丘吉尔等各国政要的合影。

从本·古安故居出来，感觉有些肚子饿了，我们的肚子应该还停留在北京时间的，应该饿了。梅尔很慷慨大方，花了一千多元买来了一大堆面包、酸奶、矿泉水、苹果、猕猴桃、提子等，她请客让大伙儿充一充饥。我们就在店门口的小院子里吃了起来，也不知是早点还是中饭。

阿渡看看时间还有富余，就提出去看特拉维夫的建筑，说极有特色的。客随主便，我们就跟了去了。路上，我突然想起，阿渡是著名建筑设计师，他的推荐一定有他的理由。在一个广场停下来，不知是否就是著名的拉宾广场，四周的建筑果然不同凡响，与我们中国的地方建筑和欧洲的古典建筑都不同，我个人感觉更倾向于现代派风格，审美上更讲究线条与色块的搭配、和谐，有一种视觉冲击力。

太阳很毒，有点受不了，汗都出来了。我尽量往树荫下走。以色列首都特拉维夫的大街笔直而宽阔，中间是一条长长的绿化带，树，高高大大，树冠阔大，遮荫蔽日。我发现有几位流浪汉靠在树身上闭目养神，而身边有针筒等，看来是吸毒者，但没有人管。我反复观察，没有发现一位警察，不像我国的大城市马路上，随处可见警察叔叔，什么都要管。大街上还有街头艺人，其中一位拉小提琴的姑娘，当得美女这词汇。我曾看到过一个资料，说以色列首都特拉维夫是世界上美女、帅哥最多的十大城市之一，诚哉此言。站在特拉维夫的街头，稍稍观察，就会发现以色列的年轻人，不管是女是男都长得特别靓特别帅，真是美女如云、帅哥如云，养眼呐。

看罢建筑，去住宿。大巴开到法萨巴镇一条安静的街道，北塔告知这儿就是下榻的招待所，相当于青年干部培训的地方。冰峰与梅尔都是不差钱的主，在出国前就提出要另外安排豪华的宾馆，所以，他们的房间是早就预定的星级宾馆。冰峰与我是十多年的哥们，他邀我住他那儿，也有个伴。这样冰峰、梅尔、北塔，加上我，我们四个就去了预定的宾馆。好家伙，三刻钟的路呢。到了那儿才知道，这是地中海边上内塔亚娜镇的一家宾馆，那宾馆名我前听后忘记，反正很拗口。这宾馆的环境绝对一流，宾馆门口有条汽车道，过马路就是地中海的沙滩。我们住在10层，站在阳台眺望地中海，一览无余。

海外的诗人基本上住这儿，我们在大厅的接待处去签了到，发一个胸牌，发一个红色的布袋，上面印有"第32届世界诗人大会"字样，还发两本书，一本是以色列出版的英文版诗集，凡参加会议的诗人都有作品，还配发照片与作者简介。但唯我的漏了照片，好在我是属于客串的，漏就漏吧，玩得开心才是最重要的。

冰峰与梅尔都提出晚上要好好吃一顿，主张打的去找一家中餐馆吃晚饭。我们17:30出宾馆，拦了一辆出租车，那司机的英语不咋样，大概听懂了我们的意思，开到了一处十字路口，指指那一排房子，告诉我们到了，给了他100元谢克尔（以色列币），竟不肯找零。上车前说好的，怎么能多收钱呢，我们据理力争，最后要了我们56元。这也算了，我们下车后才发现只有日本料理与韩国料理，哪有中国餐馆，看来我们碰到黑车了。

幸好北塔会英语，我们拦了多辆出租车才问到一位知道中国餐馆在哪儿的司机，他把我们开到了另一个小镇，找到了一家"长城酒店"，香港人开的。生意不咋样，就我们这四个客人。我们点了明虾、葱爆牛肉、烤鸭腿、麻婆豆腐、炒空心菜、西红柿蛋汤等，还要了一瓶红酒，后来又加了一个榨菜肉丝汤，一结账，671谢克尔，按1比2的兑换率，大约合人民币1300多元。梅尔争着付了账。

我们打的回宾馆，竟只有24元谢克尔，这再一次证实，开始我们遇到的是黑车司机。

## 2012年9月4日　星期二，天气晴

在阵阵的海涛声中，我醒了，一看才5点，比在国内早醒了点，但从倒时差的角度看，我的生物钟算是调整得好的。

站在阳台眺望大海，朝霞满空，璀璨一派。海滩上已有晨

练、晨泳的早行者。我与冰峰准备去实地看看地中海，领略一下地中海的风光，正好碰到梅尔，就一起去了海滩。

海滩是分段管理的，有的海域拉起了禁戒网，表示网内可以安全游泳；有的沙滩很宽阔很平坦，适合打沙滩排球等。在海滩上我们见到了遛狗的老人、散步的情侣、拍照的发烧友，与跑步的准军人，一队队的，穿着迷彩服，嘻嘻哈哈，更像学生。晨泳的不算太多，但也有上百个吧，胆大的照样往大海里游。

海水卷起的浪勇敢地向沙滩扑来，又极不情愿地退去，反反复复。我们三个终于忍不住诱惑，脱了鞋脱了袜，高高地卷起了裤管，像孩子般快乐地走进了海水里。9月的地中海海水一点也不凉，踩在沙滩上，感觉平平的，细细的，柔柔的，我们互相拍着照片，留下难得的人生印记。梅尔毕竟是女的，又天生有诗人气质，摆起了pose，冰峰也是诗人，他像个导演似的指挥着我们，说两个人牵起手，一起来个造型，那才浪漫有味道。要在国内，像我这种被叫"老夫子"的肯定不敢造次，但在海外，在地中海，此时此地，此情此景，也就放开了，我与梅尔牵起了手，张开了另一只手臂，脚踩海水的我俩似乎要飞起来了，感觉真好。

有一对外国人的三口之家，带着孩子在游泳，那女的是孕妇，而且至少七八个月以上，那肚子大得好像快临盆了，要是在中国，怎么可能还让孕妇下海呢。那孕妇穿一身红色的游泳衣，挺着个高高隆起的大肚子，那女孩像洋娃娃似的，多和谐的家庭啊，这简直是海滩一景。我做了个拍照的动作，那男的理解了，还让我抱那个洋娃娃一起合影，可惜不知这一家是哪个国家的，但这已不重要了。

海滩回宾馆，9:30乘车去特拉维夫另一个卫星城赖阿南纳市（Raanana），在一个没有记住名字的公园的凉棚里，各国诗人一起参加了和平主题的活动。有讲话，有献花，还有把本国小旗帜插在凉棚的木柱上。那个公园有不少为残疾人服务的设施，好像还很有名。

下午，去了法萨巴市政礼堂，参观了主办方举办的书刊展和书画展，有一位日本女书画家的画与书法作品展览，还有我国东北于连胜带去的一批书画同时展出。

与会者都在门口的欢迎标语前合影，我把带去的 11 本诗集分别给了以色列的、法国的、印度的、葡萄牙的、阿根廷的、巴西的、荷兰的、西班牙的几位诗人，还分别与之合影留念。有葡萄牙诗人与以色列诗人等回赠了诗集，还签了名。

参观书画展后，有个茶歇，有点心有饮料。

茶歇后，有以色列人带我们去了斜对面的基内雷特犹太教堂（Kinneret synagogé）参加宗教仪式。教堂规模不大，但位置极佳，周边树木葱茏，花草争艳。进门，凡男性一律发一只纸做的小白帽，得斜扣在头上，大概算是对犹太教的认可与尊重吧。我们坐下后，一位教堂的神职人员向各国友人介绍，可惜我一句也听不懂。后来，神职人员从身后的壁橱"约柜"里取出一卷羊皮《圣经》，有紫色的皮套，上有皇冠装饰，据说内容乃"十戒"，希伯来文写的。主教展开后高举着转一圈，向大家展示，最后把羊皮《圣经》摊开放在一桌上，让有兴趣的人去抚摸、亲吻、拍照。我也不能免俗，看样学样，前去看了看，摸了摸，拍了照，带着小白帽拍的照。

18：30 我们来到文化中心剧院，在大礼堂的罗拉阶梯剧场（Amphitheatre Lola）举行开幕式。本次大会的主办者为世界诗人大会，泛西班牙语美洲作家联盟是主办方重要的合作伙伴，此活动还获得全世界其他一些文学团体的支持。参加本次大会的有来自全球 22 个国家和地区的 200 余名诗人，其中以色列之外的诗人有 120 人左右，来自中国、美国、法国、西班牙、荷兰、日本、韩国、蒙古国、墨西哥、哥伦比亚、巴拿马、阿根廷等等。有的已多次参加过，像世界诗人大会执行委员、墨西哥第二十八届世界诗人大会执行主席、墨西哥著名女诗人兼律师苏布莱妮丝女士（Maria Eugenia Soberanis），世界诗人大会执行委员、匈牙利第二十九届世界诗人大会执行主席、匈牙利全国笔会副主席易滋凡·涂基（István Turc）博士等。

世界诗人大会副主席、本届轮值主席以色列的卡汉博士主持开幕式。开幕式在法萨巴女子合唱团的歌声中开始。在开幕式上致辞的有世界诗人大会主席、法国艺术文化学院院长杨允达博士、Ernesto Kahan、第三十二届世界诗人大会名誉主席路易斯·安布罗乔（Luis Ambroggio），美国诗人、院士、以色列外交部文化与科学司副司长甘若飞（Raphael Gamzou，曾任以色列驻台北经济文化办事处代表）、以色列希伯来文作家协会主席诗人赫茨尔·哈卡克（Herzl Hakak）、以色列作家联合会主席 Gad Kaynar 教授、卡法萨巴市作家协会主席诗人 Uzit Dagan、法萨巴市长耶胡达·本·海莫（Yehuda Ben Hamo）。开幕式，耶胡达·本·海莫授予杨允达博士城市金钥匙，以色列歌唱家卡梅拉·哈拉里用歌声向各国诗人致敬。印象较深的有一位五六十岁的外国老太上台献舞，很专业，肢体语言很美。最难忘的是有一位来自中国台湾的女孩吹起了箫，弹起了琵琶，展示了华夏文化的艺术魅力。那位日本的女书画家与中国的书画家于连胜分别向大会赠送了书画作品。现场还颁发了世界艺术文化学院荣誉文学博士学位、出席贡献奖和其他奖项。另外，放映了介绍卡法萨巴城的短片。

当主持人宣布奖项时，边上的梅尔说念到我名字了，叫我上去领奖。我没有动，一则那外国人口中的"凌鼎年"三个音不标准，也不知道是不是我；二则，我想怎么可能是我呢，我又不能算纯粹的诗人。杨允达博士见我没有上去，连忙用中文又报了一遍我的名字，我这才匆匆上去，从卡汉博士手中接过获奖证书与一枚铜质的圆形奖章。有人告诉我：卡汉博士是以色列的名人，诺贝尔奖的得主。我请懂英文的看了获奖证书，说应该翻译为"世界诗人大会主席奖"，这算是一种荣誉奖。

散会后，碰到杨允达博士，他对我说：你是写小说的，在世界华文文坛很有影响，没想到你还写诗，出了两本诗集，这本新出的诗集还是专门献给第三十二届世界诗人大会的，又来参加世界诗人大会，这是对世界诗人大会的支持，所以给你颁这个奖——原来如此，谢谢，谢谢！

开幕式开到晚上9点多才结束，肚子早饿得咕咕叫了。会场外的大厅里有面包、三角包等食物，还有红酒、饮料、矿泉水等，但我们中国来的，这些当饭吃，终究不习惯。好在我饭量小，吃了几个三角包就差不多了。

回到宾馆，冰峰坚持要外出去吃东西。冰峰与我、北塔、梅尔四个沿海边步行几分钟后，发现有个海边餐厅，规模还不小，用餐的竟不少，可以说是生意火爆。用餐的都是来地中海旅游、度假的。冰峰是来自内蒙古的，爱吃荤的，点了牛排等。我晚上刷了牙，再美味的东西一般都不吃，这是多年的习惯，我就陪陪冰峰他们吧。有意思的是生意这么好，23点以后就不营业，准备下班了，晚来的只能耷耷肩打道回府。

## 2012年9月5日　星期三，天气晴

6：00叫早，先把照片倒出来，记忆卡满了。

7：00开车，去参观亚德·韦希姆大屠杀博物馆（Yad Vashem Museum of the Holocaust）。

　　稍有点历史知识的都知道，在第二次世界期间，德国纳粹以犹太人乃劣等民族为借口，推行所谓的清洗政策，对犹太人进行了有组织有计划、惨无人道的灭绝性大屠杀，其罪行令人发指。据现有史料证实，纳粹在这场种族清洗活动中先后屠杀了近600万犹太人。这不仅是纳粹的暴行，纳粹的耻辱，也是对世界文明的蔑视，让人类的文明蒙羞，这确乎是犹太人的浩劫，也可以认为是全人类的浩劫。

　　犹太人对他们这段刻骨铭心的民族灾难，不愿淡忘，更不愿淡化，为了揭露纳粹法西斯的罪行，让全世界人民一起记住纳粹的残暴，也让整个犹太民族不忘这段苦难的历史，让犹太人的子子孙孙牢记先祖的劫难，他们建立了犹太人大屠杀纪念馆，成为一个民族记忆，成为一个世界性记忆。

　　这座以色列犹太人大屠杀纪念馆用中国的术语乃政府行为，区别于民间性质的纪念馆。纪念馆坐落在耶路撒冷的郊区，1953年时，以色列国会就通过了纪念法令，从而建立了犹太人大屠杀纪念馆。但随着时间的推移，收集到的资料与实物越来越多，老馆的场地已不足以有效展示，于是，以色列聘请以色列籍的加拿大建筑师摩西·萨夫迪重新设计了新馆。新馆占地4000平方米，面积是原馆的5倍多，目前这座以色列的犹太人大屠杀纪念馆为全球最大的大屠杀博物馆。

　　2005年3月15日，当时的联合国秘书长科菲·安南与40多名各国政要参加了亚德韦希姆大屠杀纪念馆新馆落成典礼。当年的以色列总统摩西·卡察夫发言：新馆"是全人类的一块重要路牌……今天我们纪念那些死去的人……是为了让他们的命运被写进历史，永远不被忘记，也是为了保证这种恐怖的事件永远不会在任何地方重演"。说得一针见血，说到了关键点。

　　犹太人大屠杀纪念馆还挺远的，车子开了3个小时才到，一路上都是橄榄树与葡萄园，到达时已 10 点了，人头攒动。在一个土坡前停下，有讲解员来讲解，我听不懂，就观察周边的环境，有大树，有花草，有高高的雕塑，有多根竖着的石头柱子，有规律地排着，但不知寓意；有一个隧道口，可以进去，我感觉像进入战壕。迎面的墙上是一个早已去天国的小男孩石雕头像，苹果脸，天真烂漫。转弯进入室内，进入了一个没有灯光的空间，在黑暗中，闪闪烁烁出一个又一个孩子的照片，都是在二次世界大战中被德国法西斯杀害的无辜生命，让人极为压抑。原来这是个儿童纪念馆。而整个纪念馆，这里仅仅算是个序幕，真正的展厅在后面。

纪念馆的设计风格很独特，呈一个狭长的三角形长廊，陈列的资料分为十个展厅，每个展厅有每个展厅的主题，各自独立，又有机结合，构成一个整体。陈列室南边一溜，北边一溜，中间有一个长长的空间，可以一眼望到底，但这不是通道，任何参观者都无法快速地从进口处借助这通道走到出口处，而必须一个展厅一个展厅地看，经过曲曲弯弯的路线才能走到最后。也就是说，你只要进了这纪念馆，不管你爱看不爱看，你想出去，必须每一个展厅都走一遍。因为中间的过道在每一展厅衔接处都有走到近前才能看清的隔断，或像河道一样凹下去，或稍稍高出地坪若许，玻璃罩下有实物展示。

因为我听不懂以色列讲解员的希伯来语，只能一个人走走看看。整个纪念馆内容十分丰富，展示了从 1940 年起，德国纳粹党屠杀犹太民族的各历史文献，有文字资料，有实物资料，有录音资料，有录像资料，有采访资料，有回忆资料；有个人的，有家庭的，有某个集中营的，有综合性的，有区域性的，譬如有犹太人居住区的街灯、招牌，被炸毁的车皮，被没收的银餐具、箱包等物品，还有犹太人当年的日记，有大屠杀幸存者赠送的大屠杀的艺术品和信件等等，林林总总，让人看得眼花缭乱。印象较深的有一处放置着成百上千双鞋子，包括童鞋，据介绍这四千多双鞋子都是遇难犹太人留下的，因为纳粹在骗犹太人进毒气室时，让所有的人脱了衣裤、鞋子，说是灭虱子，说是消毒的需要。还有无数被烧被毁被丢弃的书籍，我看不懂德文、法文、英文、希伯来文，识不得任何一本书名，但我知道这些都是上世纪40年代以前的书籍，都是人类文明的结晶，但法西斯当然不希望他的臣民读书，焚书坑儒、斯文扫地也就没有什么可奇怪的了。有一个展室的橱窗里挂着多件集中营的服装，统一的蓝白条状花纹的衣裤，有的上面还有编号。那些集中营的照片，让人看得触目惊心，那些被关押的犹太人一个个枯瘦如柴，可以说是人不人，鬼不鬼。至于机枪扫射、尸首上吊示众、万人坑等比比皆是。有一个展室大概介绍希特勒与纳粹的发迹，有多面各种各样的纳粹旗帜，血色一片，有大量纳粹的资料，还有希特勒演讲时的场面，竟然万民欢呼，齐刷刷的纳粹敬礼。最后一个展室为名字堂，在参观者的头顶是一个30英尺的高高的圆锥形构造开口朝天的幕墙，上面有无数的照片与头像，都是被纳粹杀害的犹太人，有耄耋老人，有花季少女，也有牙牙学语的孩童，而参观者脚下的圆锥形构造则是天然岩石，镌刻着数也数不清的被杀害者的名字，仿佛脚下就是个深渊。我想只要是还有良知的人，参观之后，必对纳粹深恶痛绝，对犹太人的遭遇同情万分。

在这纪念馆里，有一个很特别的展板，就是纪念那些在纳粹大发淫威，滥杀犹太人期间，不顾个人安危，冒险援救犹太人的人，他们被以色列尊称为"国际义人"，有德国人，有波兰人，有荷兰人，有罗马尼亚人，有奥地利人，有捷克人，有乌克兰人，有美国人，也有中国人。有一位叫何凤山的中国人就是被纪念的"国际义人"，他曾经挽救了2000多名犹太人的生命。

以色列政府专门为他立碑，碑文有这样一行大字："永远不能忘记的中国人！"以色列总理沙龙在纪念碑前说过："他，不是英雄，也不是天使，他是上帝！"

整个纪念馆可以用人头攒动来形容，这在我国的纪念馆是极少见的。我看到不少八九十岁的老人在儿辈、孙辈的帮助下，颤颤巍巍地来到纪念馆，因走不动，就让儿孙们用轮椅推着参观，既是一种回忆，一种缅怀，也是对儿孙辈的一种教育。我还看到许许多多天真烂漫的儿童与青春期的学生与风华正茂的军人，或团体组织来的，或在家长的带领下来的，或自个儿来的，都极虔诚的样子，看得认真、仔细。

这个纪念馆由多个部分组成，还有一个祭祀场所，外墙下部用大块的圆形石块筑基，大门是铁的，且有巨大的铁构件图案，给人沉重、冰冷、压抑的感觉。进得门，但见一个巨大的空间，中间凹下去，有个祭台，四周有栏杆，游人可以在上面观看。原来这是专供犹太人悼念死难同胞的。正好世界诗人大会的本届执行主席卡汉等一拨以色列人来了，他们就走到了中间的祭台，举行祭祀，有念悼词、默哀、献花圈等仪式，我走到下面想去拍照，结果被拦住了，原来非犹太人是不能进入的。

纪念馆造在半山腰上，山上山下有多座雕塑，特别是山坡上，可惜一般游人可能体力关系，极少有走到山坡上的。我是到一个地方必走遍的主，否则就觉得永远遗憾，故一个人上了山坡。好啊，没有白来，看到了一二十处精美的雕塑，有青铜的，有石头的，有抽象的，有具象的，有几处的雕塑极为著名，我曾经在画报上、在书籍中见识过，现在零距离接触，分外亲切。可惜就我一个人，没法与之合影，只能一一拍摄下来，作为永远的纪念。我一个人在山坡上转悠，怕与大部队走散，不敢久留，拍了几张照片就匆匆而下。

出了纪念馆，我还沉浸在沉重的心情中，这个纪念馆给我的感触太深了，使我想得很多很多。据了解，至今有某些团体和个人质疑是否对犹太人进行了大屠杀，甚至还有人否定大屠杀的存在，还有人言之凿凿地声称所谓"希特勒的毒气室"乃虚构出来的，这使人联想起日本右翼势力否认钓鱼岛是中国的，否认有南京大屠杀，何其相似乃尔。以色列建造这样的纪念馆，正是让犹太民族，让全世界以此警醒，以此为戒。从这个意义上讲，花费人力、物力、财力是物有所值，是必须的，甚至是功德无量。有一句名言："忘记过去，就意味着背叛！"此时此刻，重温这句名言，应该是别有滋味在心头。

我这个人有个小小的怪癖，或者美其名曰"爱好"，那就是每到一个没有去过的国家，我就会购买一样有代表性、有纪念意义的小礼品，带回去放在书橱里，譬如法国的埃菲尔铁塔模型，譬如荷兰的瓷质小鞋，譬如瑞士的小铜铃，譬如澳大利亚的飞去来镖等等，既是一种收藏，也是一种留念，都是我去过的地方，都是我自己选的自己买的，意义不一样。

到了以色列后，我一直在留意，买样什么小纪念品呢？

女性的注意力往往在化妆品上，而以色列无非是死海海泥化妆品与死海海盐，这不属我的收藏范围。我的原则是小而轻，有观赏性，有代表性，耐放，最好价钱便宜，至少适中吧。我专门跑过两家礼品店，但要么体积太大，要么价钱太贵，要么有点俗气，不符合我的审美标准。

犹太人大屠杀纪念馆小卖部有一种铜质的摆件引起了我的注意，形状类似我儿时用过的鱼叉，也是七根，只是没有鱼叉那么长，顶端也不是尖的，有点烟嘴状。我不知这派什么用场，但从造型上看，还挺有特色，且规格不一，大的有尺把高。

我一打听，乖乖，这乃七烛台，原来是耶路撒冷圣殿中的圣器，犹太教的徽号，或者说是耶路撒冷的标志。据说以色列一度准备把耶路撒冷作为首都的，有人提出就用七烛台为国旗的中心图案，后来种种原因，首都还是特拉维夫。目前以色列国旗的图案是两个三角，一朝上，一朝下，叠加在一起，构成一个六角形。但七烛台在耶路撒冷有着特殊的象征意义。了解犹太教的可能知道，通常犹太教堂都会有一个"圣约柜"，保存《摩西五经》卷轴等；还要放置一个长明的七烛台，当然要比我买的大得多。

有一种说法：第一枝烛台乃以色列名工匠艺人比撒列用黄金制作的，七枝灯盏中间一枝略高于两边的六枝，代表安息日，其余六枝代表上帝创世的六天。这七支烛台可以插蜡烛，可以点燃，做照明用，但后来更多的是作为一种礼器，用以庆祝。

我在资料上看到，以色列还有九烛台，但我没有见到实物，说是要逢哈努卡节来临时，犹太人的会堂就会点燃九烛台，以示隆重吧。

当我做了有心人后，我发现在耶路撒冷的某些宗教色彩的重要建筑上、犹太古墓墓碑上都会出现七烛台图案。

我看中了 10 厘米左右高的七烛台，很精致，两面均有纹饰。我细看了一下，有橄榄枝，有庙宇，有动物，有植物，只是我眼拙，辨不出是什么动物，什么植物。价钱是 39.9 谢克尔，按我们当时一比二的兑换率，相当于 80 元人民币。我居住的小城银行里兑换不到以色列币，人民币又不能买，只好向梅尔借了200 元谢克尔，买了三个，准备自己留一个，两个送朋友，也算是礼轻情意重吧。

13：30，出发去三教（基督教、犹太教和伊斯兰教）圣城耶路撒冷进行历史文化采风活动。

记得去以色列前，朋友们听说我要去以色列参加文学活动，有多位脱口而出："以色列你也敢去？太危险了。"还有朋友开玩笑说："当心点，不要被绑架了。"甚至还有朋友就此说起"肉弹"话题，其意不言而喻。

我也以玩笑的口吻说："绑架好啊，死了也算为文学献身。侥幸不死，写篇报告文学，一定畅销。"

玩笑归玩笑，说心里话，我对以色列的治安多少还是有些担忧的，最怕遭遇"肉弹"，那可是无妄之灾啊。

下飞机时，我在想，以色列机场是否岗哨林立，军人遍地？可步出机场，发现一派安宁，并无丁点战争阴影。

在以色列首都特拉维夫的大街上，几乎看不到警察，更看不到军人。在雅法古镇，更是宁静，说它是伊甸园，说它是世外桃源，也完全相符。

看来我们误读误解了以色列。

且慢，且慢轻易下结论。我们真正了解以色列，是去了耶路撒冷后。车子一进入耶路撒冷，就发现一个与众不同的现象，所有的房屋一律为石头建筑，均呈灰白色，无一例外。不知是否石头的建筑更禁得起炮火的考验与洗礼。后来知道这是法律规定的。何时开始，什么原因就不得而知了。更让我们吃惊的现象在后头呢，在我们车子向著名的哭墙进发途中，沿路出现了一群群的青少年学生，有男有女，女的居多，大的十七八岁，小的十五六岁，估计都是中学生，都穿着军装，都背着枪，有的还背着包，急行军似的向哭墙汇集。我不懂武器，只是本能地感觉比我见到过的枪要先进得多。车离哭墙越近，带枪的学生越多，个个行色匆匆，好像接到了开赴前线的命令，部队正在大集结，似乎大战一触即发，无形中，战争的氛围开始笼罩在我们头上。看来，以色列真是个不太平、不安全的国家。

我们的车子停在一个观光旅游景点处，这儿到处是拍照的游客与做小生意的摊贩。我们站在栏杆前，下面是一个长长的峡谷，对面山上建筑众多，我一看到那耶路撒冷标志性的教堂金顶，就明白我们到了最经典的地方了。对面的房子大部分不高，只远处有若干幢高层建筑，最显眼的是金顶教堂外的一长条绿化带，以及长而古老的城墙。说实在，耶路撒冷似乎不是适合人居的地方，这儿干旱缺水，植被稀少，大树更是难得，望出去，多数的山冈都是光秃秃的不毛之地。我在瞎想，如果耶路撒冷，如果以色列的国土都像我们江南那样的鱼米之乡，那样的适合人居，恐怕打得更惨，争夺更激烈。

我因为走到哪儿写到哪儿，特别注意观察，我发现我们观光的栏杆下，竟然都是成群成片的墓地，密密匝匝，排列有序，有多位穿着黑色衣服的以色列人在祭扫，他们神情肃穆，虔诚专注。

照片拍好后，我又注意起那些小贩，有专门卖明信片与照片的。那明信片一套30张，5寸的，拍摄技术与印制水平都不咋样，但一套基本上包括了耶路撒冷重要的景点。我们匆匆来，匆匆回，很多景点是无法走到看到的，买一套有纪念意义，而且也不贵，只一美元；还有一张耶路撒冷全景图，也只一美元，如果用以色列币则5元；还有一本《以色列图片指南及纪念册》，要15美元或60元谢克尔，冰峰买到的，我再去买是已没有了。因为纪念册价钱贵，分量重，买的游客少，小贩就带得少，没有买到可惜了。

游罢这儿去哭墙，车到哭墙后，发现刚才一路上见到的行色匆匆的带枪学生娃都是来哭墙集中的，估计有几千带枪的学生。但他们显然不是来哭墙朝拜的、祭祀的，他们都在哭墙的对面休息。在通往老街的一条隧道里，密密匝匝全是带枪的学生，或席地而坐，或倚墙而靠，或吃着面包，或喝着饮料，或相互交谈着，或互相嬉闹着，没有上前线时的那种严肃、紧张，但我注意到他们的枪都带着子弹匣，且子弹都满满的，端起来就能射击的，万一擦枪走火，那可不是闹着玩。加之语言不通，信仰不一样，不说害怕，总归有些不安全感，但身在其中，也只能随遇而安，自我保护罢了。

不过我很庆幸能看到这些，寻思无论如何得拍几张照片，我深知过了这一村就没有这一店，这辈子再到以色列的可能几乎等于零，可不知道能不能拍，算不算军事秘密。心有不甘的我，忍不住偷偷地拍了几张。也是各人各性，有些带枪的学生看我在拍，只当没看见，有的则用手势制止，不让拍，但态度是友好的，并无大声呵斥或一脸严肃，更不要说来没收照相机。

我注意到哭墙的中间是个广场，有人在搭台，在布置。我问了翻译，才知道原来当晚有个活动，即军训的中学生集体宣誓效忠国家，怪不得学生都集中到这儿了。按以色列的规定：每个公民必须义务服兵役三年。就像我们中国独生子女是国策一样，必须遵守。我们国家也有大学生军训，但哪有每人发一支真枪，配备子弹，让你随身背着走的？

以色列的周边全是阿拉伯国家，几乎全是敌对关系，发生"肉弹"，司空见惯，局部打仗，家常便饭，所以全民皆兵，人人会枪。随时准备上战场，随时准备为国家献身，也就深深烙印在每一个以色列人的心里。

应该讲，我们这次以色列之行很幸运，因为在安息日前，正好亲眼目睹了以色列学生军训最后一天的集结，要在平时，想看还看不到呢。这也使我加深了对以色列的了解。

哭墙，又名西墙，还有"叹息之壁"之称。是耶路撒冷旧城古代犹太国第二圣殿护墙的一段，也是第二圣殿护墙的仅存遗址，是以色列最负盛名的宗教场所、旅游景点之一，属世界文化遗产。凡到耶路撒冷的几乎没有不到哭墙的。据说,公元初年,欧洲人认为耶路撒冷才是欧洲的尽头,把这面墙视为欧亚分界线。

按当地规定,我们男女分开排队,男的还必须戴小白帽,否则就会被视为异教徒,自然不能进入。我戴上了小白帽,来到哭墙前。这哭墙真的好高好雄伟,全由大块大块的石头垒砌而成,有正方形的,也有长方形的,小的数千斤,重的可能高达几吨或几十吨,我无法测量有多厚,但知道高约20米,仅剩的这段城墙还有50米左右长,有些石块有一点风化,石缝里长出了灌木状的植物。人站在如此高大的城墙下,显得有点渺小。犹太教把此墙看作是他们的第一圣地,教徒到此墙前,按老祖宗留下的惯例都要哀哭,以表示对古神庙毁坏的哀悼。据说,千百年来,流落在世界各个角落的犹太人只要有机会回到圣城耶路撒冷,总不忘来到这石墙前低声祷告,哭诉流亡之苦,"哭墙"之名也就由此而传遍全世界。

我不信教,更不信犹太教,我是作为一个东方的游客,一位中国的诗人、作家来到哭墙,是来参观的,来采风的,兼带朝圣。哭诉,我没有必要,但我也面墙低头,双手合十,祷告了起来。信不信是一回事,尊重又是一回事。来此,至少不能轻慢、亵渎。

我注意到,那大石块的缝隙里塞满了折叠的小字条,想来是虔诚的信徒许愿或祷告的文字吧。那些与人一般高的城墙石块,已被无数信徒与游客的手摸得油光铮亮,就像千年文物似的,包浆都出来了。

我细细观察了那些面墙者,好像没有哭泣的,但都低着头,或嘴里念念有词,或默默不语,或伫立不动,或上身前仰后合,有老人,也有年轻人,有姑娘,也有军人。

有一段哭墙不在露天，我进去后发现有不少上了年纪的，搬了白色的塑料椅子，坐在哭墙前，或祈祷，或默坐，或背诵经文，或摇晃身体，个个旁若无人，人人虔诚无比。里面还有书库，相当于中国寺庙的藏经阁吧，确实有信徒在里面借阅。我对书有特殊的感情，在书橱前拍了几张照片。

今天，发生了不该发生的事。我们到了哭墙处的广场后，有位导游关照大家，参观哭墙有个特殊的规矩，即男女要分开，中间隔断，参观结束后，到二三十米处的拱门集中，再去参观老城。我是老出门，特别是在海外，我对几点集中，在哪集中很注意听注意记。可有些诗人一到哭墙广场，立马被周边的异国风情所吸引，忙不迭地举起相机拍呀拍的，根本没有听导游在说什么，等到从哭墙出来，人山人海中，闹不清在哪集中，看看无熟面孔，立马慌了神。在这儿你不懂希伯来语，就算你懂英语也不一定管用，到处都是带枪的，谁敢乱走？

到拱门集中的几十位各国诗人，在导游的带领下，穿过长长的隧道，来到另一头，一点数，缺了冰峰等好几位。我对北塔说，只有你懂英语，你必须赶快去找，走失了人，出了点事，在这种国家，那可不得了，你是团长，你有责任的。北塔原本想与我们一起去玩的，毕竟他也是第一次来以色列，很不情愿地返回去寻找走失的几位。北塔开始没有找到他们，原来冰峰他们见大部队不见了，以为在停车处集中，就去了停车处。偏北塔的手机已打得欠费了，互相间联系不上，等终于找到时，已两三个小时过去了，这一下午，冰峰他们就在停车场干等，哪儿也没去成，什么景也没看到，一肚皮的怨气。

我们这些遵守纪律、认真听讲、按时到达指定地点集中的，在导游的带领下，进入了老城，一看那逼仄的街道，履平的石阶，沧桑的建筑，古旧的石雕，马上能意识到：这才是真正的

原汁原味的老古董、历史陈迹、文化遗产。一问，乖乖，1981
年就列入世界遗产名录了，而上世纪 80 年代初，我们还几乎没
有世界遗产名录这概念，更不要说有保护、申报的意识了。

耶路撒冷旧城是个极有意思的城市，竟然是犹太教、基督
教、伊斯兰教三教的圣地，全世界绝无仅有的城市。这使我想
起，我国历史上也有多位有识之士试图把佛、道、儒三教合一，
但三教合一代表性的城市我孤陋寡闻，还没有听说过。

参观老城，首先要面对的是街道上的集市，据说是 14 世纪
建成的，有几段古老的街道有顶棚。穿行在光线幽幽、人头攒
动、摊位鳞次栉比、货物让人眼花缭乱的商业街，来不及看，来
不及拍。走着走着，就一个十字路口，稍不留神，前面的导游就
不见了影儿，就此不知东南西北，只能紧跟紧跟再紧跟。

不接触犹太教的哪里会知道，这曲曲弯弯的集市还是耶稣
受难之路呢。据说耶稣被害前，就是沿着这条"受难之路"，背
负着沉重的十字架，一步步艰难地走向刑场的。这条路也叫"苦
路"，虔诚的教徒往往会重走耶稣受难之路。耶城的狮子门内小
广场算第一站，圣墓大教堂内为最后一站，共 14 站，每一站都
有标牌，都有讲解。导游会告诉你背着十字架的耶稣在哪个街角
跌倒，在哪个教堂门口歇了歇，在哪儿被鞭打了，在哪儿被戴上
受辱的荆冠，终点当然是当年的刑场，可惜我没能一一记住。不
过有一个街角，有一块嵌在墙里的石头，有个手印，说是耶稣留
下的，结果无数的信徒与游客也把手放上去，拍照留念。我未能
免俗，也去依样画葫芦拍了照片。

不管你信不信教，你到了耶路撒冷，圣墓教堂是必去必看
的，那是耶稣基督遇难、安葬和复活的地方。有当年耶稣被钉上
十字架的各各他山，算是圣墓教堂比较高的一处景观。

整个教堂信徒众多，顶礼膜拜者比比皆是。譬如有一块横

卧在地的大平板石头，呈淡玫瑰色，人们争先恐后在此抚摸石头，磕头跪拜，念念有词。我为了拍张照片留念，也匍匐在石头前，哇，这石头好香啊，那沉香木的香味沁入心腑。我后来发现有善男信女带来了整瓶的沉香油，倒在这块石头上，用手反复涂抹，让沉香油渗透到石头的缝隙里。据我所知，基督教认为沉香是基督降世的圣品三宝之一，可用于熏香及驱魔，属于可通天地人三界的香味。沉香油很昂贵的，信徒的虔诚可见一斑。

我用手摸了石头上的沉香油，那手香了半天呢。

同去的梅尔是基督徒，她跪拜时，我为她拍照，但她久久不抬起头来，好不容易她抬起头，我准备按快门时，发现她已泪流满面。她说她实在控制不住，一切都自然而然，宗教的力量厉害，信哉。

圣墓教堂有名的景点很多，有一处房子，有人说最后的晚餐就在那儿吃的，还有人说出卖耶稣的门徒犹大就在某个位置，听听，看看，也蛮有意思的，信不信就各人自己的事了。

我们还去了橄榄山、大卫城塔（约于两千多年前由希律王建造，是耶路撒冷旧城的最高处）。橄榄园里数十棵千年橄榄树让我过目难忘，一棵棵倔强峥嵘，却果实累累，枝头上全是可爱的青橄榄。我拍了一张又一张橄榄树的照片。

还看了老城的考古发现，一两千年前的城墙、房基、道路、罗马柱等都原样保留，还恢复了廊房式样的建筑，墙上有巨幅反映阿拉伯人集市的壁画，让人发思古之幽情。但我发现壁画中众多的人物里，夹杂着一个戴帽子的现代小男孩，虽然不咋起眼——是败笔还是构图失误？不，显然是故意露一破绽，免得有人以为是古画而觊觎之，也给聪明的游客留个话题吧。

回去的路上，那些没有去成老城的不但情绪低沉，而且怨气重重，牢骚连连。细心的梅尔觉得问题很严重，建议北塔及时开个会，商量商量有何补救的办法。最后，北塔、冰峰、赵建华、梅尔与我商定明天晚上一起吃顿中国餐，安抚一下。北塔是团长，压力很大，他希望我明晚以老大哥的身份说说话，化解化解。

我们在长城餐馆订了明天的晚餐，提出要红烧肉、花生米等我们中国人喜欢的菜。

### 2012年9月6日　星期四，天气晴

吃早饭时，我碰到世界诗人大会主席杨允达，我坦率地谈了我的看法，我认为这次大会的诗歌大奖，如果中国也有份，最合适的人选是伊甸，其次是沙克。因为伊甸、沙克成名较早，在诗歌圈里有一定知名度，特别是伊甸目前还担任浙江省作家协会诗歌创作委员会副主任职务，他获奖，有说服力。杨允达说：你是有影响有分量的作家，你说的，我们一定会重视的——但愿如此。

杨允达博士表示：将推掉晚上的事，参加我们的晚餐。

上午，按英语、法语、西班牙语、希伯来语四组进行读诗研讨活动。应北塔的要求，这次与往届不同，中国诗人分别安排到英语、法语和希伯来语三个组中，以便有机会与各国诗人有更多的交流。北塔、周道模、徐素绢、朱赢等会英语的负责中国诗人与外国诗人之间的翻译与沟通。

我与冰峰、赵建华、梅尔、徐素娟等一组，我们那一组主要是以色列诗人，有一个中年男诗人，戴着帽子，很活跃，很诗人。其他都是女诗人，其中有荷兰女诗人池莲子。还来了一位以色列城市文化处处长沙娜，大概以官员身份来看望我们。说她出生于秘鲁，当过兵，有3个孩子，小儿子16岁，读高中，两年后得去服兵役；女儿要读大学了；大儿子26岁了，在做钻石生

意，她丈夫也是做钻石生意的，很有钱。出乎我们意料的是她告知她属志愿者，她所在的文化机构非政府编制，她负责音乐、舞蹈等，她说她要把今天看到的告诉以色列百姓：诗，对以色列很重要。

在赵建华的要求下，我头一个朗诵了自己一首诗《海妖的诱惑》。之后我们合影。合影后，每个诗人一一自我介绍，由徐素娟翻译。以色列诗人先用希伯来语朗诵，再用英语朗诵。有位以色列女诗人很是热情，她把我们几位中国诗人的姓名、电子信箱都记下了。

我在国内曾听到二次大战时，上海虹口区居民救助了5万以色列难民，以色列国民很感恩中国人，把这写进了宪法。为了求证，我特地问了几位以色列诗人。她们告知：以色列因为宗教的关系，至今没有宪法，所以此说法肯定不存在。但她们又告知：以色列确实有多本历史书与文学书里提到这事。总之，以色列人对中国人是极为友好的。

中午去一个像旅游点一样的地方吃饭，吃饭人一批又一批，里面放长桌子，挤挤挨挨的，有生的蔬菜，有饮料，主食为一种大圆饼，烤得很松脆，很可口。人多，大圆饼来不及烤，坐在长桌里头的不方便出来，饼都被坐外面的拿了吃了。我干脆出来，去烤箱处拿饼，给我们一起来的中国诗人递饼。等我们吃罢，人少了，咖啡、甜点都上来了。高峰时，那些服务员哪忙得过来？

饭后，与会者乘巴士到特拉维夫市区观光，先沿着海边开，一路看景。拉美人生性活跃、张扬，一路上歌声不断，煞是热闹。

我们来到了特拉维夫大学的罗拉阶梯剧场，参加由以色列作家联合会主办的典礼。主持人为 Gad Kaynar 教授，以色列 3

位杰出作家受到表彰。接下来，来自世界各地的 11 位诗人代表
所有参会诗人进行朗诵。北塔利用这个机会代表所有与会的中国
诗人致辞，我们向世界诗人大会赠送礼品：赵智赠送著名书法家
李斌权的作品；我赠送了我姐夫王诗森的书法作品；北塔赠送了
中国非物质文化遗产武强年画，还向每一位与会诗人赠送一册
《2012 中国诗选》。

茶歇后有演出，3 位以色列青年音乐人一个敲打着下有葫芦
的竹琴，一个敲打着双鼓，一个弹琴，边弹边唱。那些秘鲁的、
阿根廷的、葡萄牙的、以色列的外国诗人闻乐起舞，跳得不亦乐
乎。因会场排满了座位，空地小，诗人们只好围着座椅转圈子
跳，后来，不少中国诗人受其感染，也纷纷加入。

接下来有中国台湾女孩的吹笛，悠扬、典雅，富有中国特
色，给中国人争脸了。

结束后，中国诗人直接去长城饭店聚餐。用小桌拼成长
桌，共 26 人出席。

北塔先致歉，做了解释，进行安抚。我知道头一个发言很
重要，要是哪位火气大的一开火，那其他人就不好说了，昨天商
量的就前功尽弃了，故我抢先发言。我说：我不是你们诗歌圈
的，算是局外人，请允许我以老大哥的身份说几句，所有的委
曲、不满，今天都可以说出来，但不要向国内发短信，发邮件，
弄到网上去，不要向有关部门写信，我们自己的事自己解决……

于连胜说：以北塔为塔……

北塔说：已找不着北。

有多位先后说了自己的意见、想法。

按原定的，我们几个提出：明天的朗诵诗歌等活动我们中
国诗人代表团不参加了，因为大部分中国诗人不懂外语，交流有
阻碍。干脆再去一趟耶路撒冷，这样，昨天没有去老城的补一下

就不遗憾了。说实在，我们再来以色列的可能几乎等于零，来了以色列，没能去耶路撒冷老城看看，确实会终身遗憾的。我们提出，如果可能的话，请主办方派一辆车送我们去，不行的话，我们自己包车去。杨允达很上路，说这车大会派，大会不派，他个人出钱租车。

商量出这结果后，好情绪就上来了，有人唱上了，朱赢与徐素娟合唱的昆曲委婉典雅，韵味十足，周道模的四川小调也沧桑有味。一直吃到午夜12点，要说的都说了，不满也就化解了。

喝了6瓶红酒，冰峰请客的。结算下来，800美元，梅尔又抢着付了。

### 2012年9月7日　星期五，天气晴

8:00出发，我们二进耶路撒冷。

10:00到达耶路撒冷。

来了一位中国导游，这真的要感谢梅尔做有心人，前天我们在耶路撒冷老城，看到了唯一的一位中国导游，梅尔就问她要了名片。当我们决定再次去耶路撒冷，梅尔就与她通了电话，请她为我们导游一天。女导游的先生是位牧师，她7年前随先生来到耶路撒冷，完全是出于宗教的原因，定居于此。

在中国导游的带领下，我们经希伯来大学，再经最后的晚餐楼，在一个庙前停下，再去橄榄园，还去了大卫停棺处，有信徒在白色大理石的棺前诵经、祈祷，让人看不懂。

我再走了一遍耶稣受难路，还进了一处圣母堂，再次进圣墓教堂时，钟声响起，外面阳光灿烂。

出城时，正好做弥撒结束，大批的教徒蜂拥出城门，我觉得是难得一见的情景，就观察了起来。可人一挤，就与大部队失

去了联系，我一个中国人挤在以色列犹太教徒中间太不协调了，索性等等吧。谁知城门口的人只见多，不见少，我怕时间长了找不见大部队，只好硬着头皮往外挤，谁知立马遭到几个男信徒的呵斥，我也不知什么意思，只好退到一边再等等，可依然人流不断，不管他们了，再不出城，走散了大麻烦。我再次朝外挤，又被呵斥，但这次我明白了，我这边都是女信徒，男的异教徒不能一起走，要到另一边。我连忙挤到另一边出了城，还好，很快找到先出城门的。

老城出来，我们车子直开死海。死海的名气不比耶路撒冷小，到了以色列，到了耶路撒冷，近在眼前的死海如果再次擦肩而过，那要悔得肠子发青。

到死海正好是吃饭时间，好像说不去餐厅吃饭下死海要买门票的，在他们的餐厅用了餐，就不用买票了。反正饭总要吃的，我向来基本吃素，要了两个素的，一碗汤，一碗饭，46元谢克尔。

因为来时忘了带游泳裤，只好临时购买。看了一个遍，都是短裤样的游泳裤，79元谢克尔一条。冰峰买了两条，与我一人一条。

死海的海泥化妆品属顶级美容品，很有名的，在这儿买，肯定正宗货。几位女诗人似乎已忘了去死海体验不沉的乐趣，眼睛里只有美容品。死海海泥美容品价格不菲，但几乎个个都在买，我也买了三盒，共256美元。

买好游泳裤，我与冰峰就朝海滩走去。

听说过死海的中国人很多，但真正具体知道死海在哪里的中国人就很少了，我就是其中的一个。去以色列之前，因为忙，也没有时间做"功课"，去查相关背景，查名胜古迹，只知道以色列有哭墙，有耶稣遗迹，有战火，有"肉弹"，其他就不得而知了。

前天到耶路撒冷,有人说:车再往前开半小时左右就到死海了。可惜东道主没有安排我们去死海,遗憾啊。到了著名的死海边上,却要擦肩而过,这能不心痒难受吗?我们从遥远的中国飞到以色列,又驱车数小时来到了耶路撒冷,夸张点说距死海也就一箭之遥,要让我们可望而不可即,那种心情真的不好形容。好在我们运道好,因祸得福,得以再次进入耶路撒冷,得以如愿以偿来到死海边。

死海之所以被称为死海,是因其水中的盐分含量太高,高到几乎所有的生物都无法存活,据说连死海沿岸的陆地上也少有生物,完全没有"海阔凭鱼跃"的常规景象,如果没有游人,一定死寂死寂,命名为"死海",也就名副其实。

死海,其实不是真正的海,而是内陆盐湖,它是世界陆地表面最低点,地球陆地上最低的水域,有"世界肚脐"之称。死海的海拔为负392米,我去过我国新疆吐鲁番的内陆海拔零点处,再往下的艾丁湖海拔为负154米,乃我国陆地的最低处,两相比较,就知道死海之低了。死海长约67公里,宽18公里。其确切位置在巴勒斯坦和约旦之间,目前,死海南半部的一部分由以色列实际控制。但不知为什么,我站在死海岸边眺望,并不觉得浩瀚,连海的感觉也没有,就是一个大湖而已。从地图上看,死海的形状像一个感叹号,我怀疑我们是否站在那感叹号的一个圆点位置。对面是山,很荒凉的山峦。以色列这边有部分树木花草,高高的棕榈树,开着红花的三角梅,反衬着死海的寂寥。

岸边有一排排房子,可以换衣裤,可以冲洗。我与冰峰换好游泳裤后,就沿着木制的台阶下到海边,海边有沙滩,沙滩有躺椅。比之中国的海滩景区,这儿的游人并不算多,至少没有到人挤人，人挨人，下饺子那种程度。

我没有急于下海，拿了照相机，先观察，看到有些老外四仰八叉地躺在水面上，一动不动，优哉游哉，好不惬意，好不神奇，看来死海不沉的传说是真真切切的，不虚不谬的。我按动着快门，把这难得一见的异国奇观定格在照片上。我还给冰峰、梅尔等拍了几张，看到我们一拨人基本都下海了，我赶紧也下了海。

死海其实是不能游泳的，或者说不适宜游泳的。那海水的盐分与矿物质太多，如果一不小心把海水溅到眼睛里，那谁也受不了，痛得你眼也睁不开，以为要瞎了，必须马上到岸上用清水冲洗。我看到多位游客兴奋之情难抑，不顾忠告，划动双臂游了起来，但往往没游几米，就匆匆忙忙上了岸，径直冲到莲蓬头下，放水猛冲，这样的场景反反复复，不断重演。

我下了水，发现海底的淤泥很厚，一脚踩下去，整个脚都陷下去，还有不少坑洼洼。有位女士没有带泳衣，准备在海边湿湿脚，拍几张照片，也算不虚死海之行，谁料，一脚踩到水底的一个潭里，一个趔趄，衣裤全湿了，快乐的狼狈。

在水里，我发现有人把浅滩底的黑泥涂在脸上身上，甚至有人干脆涂了全身。不是说这黑泥美容吗，还是高档美容品，且这儿是免费的，我也伸手抓了一大把黑泥，把上半身涂了个遍，还请岸上的东北来的摄影家张策拍了几张照片，以作纪念。

据说死海平均水深 300 米，最深处 415 米，所以游客都挤在离沙滩一二十米处。我觉得水浅了，没有漂浮的感觉，就慢慢向深处挪，走出约 30 米后，竟踩到了礁石，硬邦邦的，不再是淤泥。我开始脸朝天，成一"大"字，平躺在水面上，只要不动，可以稳稳地漂着浮着，那感觉真奇妙。我以前听说过在死海里，可以躺在水面看书，以为是天方夜谭，不期竟是真的。中国武侠里有"水上漂""踏雪无痕""清波移步""蜻蜓点水"之类的轻功，到死海，是否更能大显身手？

漂了一回，躺了一会，静则思动，禁不住诱惑，试着游了起来，不料，那手臂一划，水波一晃，水就晃进了嘴里，那可是又咸又苦又涩，味道真不好受，我赶快吐。又游了几米，一不小心海水溅到了眼睛里，顿时，生痛生痛，火烧火燎的，我怕伤害到眼睛，连忙上岸去冲洗。不知是泡了这死海的水，还是刚才涂了死海的黑泥，反正冲洗后的皮肤又光又滑，舒服极了，看来是高档美容了一回。

我动作快，换好衣服后，拿了相机就转悠了起来。我发现一处建筑贴有多张巨幅照片，都是死海的特有的盐堆积物，形状奇奇怪怪，但见所未见，美不胜收。

据科学家研究，死海正在日趋干涸，正在死去，这可不是危言耸听。就像我国敦煌的月亮湖在萎缩，青海湖在变小，这是个世界性的问题，看来拯救死海已严肃地摆到了当代科学家的面前。但愿我们的子孙后代还能看到死海，体验到死海不沉的神奇。

下了回死海，返回途中，还在回味难得的人生体验，真是奇妙无比。

傍晚，我们来到了这次活动的最后一站，即伊甸、沙克他们下榻的招待所。哇，环境不错，有游泳池，有草坪，有大树，有鲜花。游泳池边上的一个草坪有好几顶蘑菇状的椰叶亭，还放了上百把白色的塑料椅子，各国诗人自由组合，围成一圈圈，聊天交流。有人告知：今天是安息日，相当于我们中国的星期日，即放假、休息的日子。安息日象征创世记六日创造后的第七日，它在星期五日落开始，到星期六晚上结束。当安息日开始时犹太教徒会点起蜡烛，而时间按当日日落时间而定。

草坪另一边有长桌，放着饮料、红葡萄酒、白葡萄酒、烤肉、鸡肉、肉圆、色拉、肉饼、面包等，大家各取所需，有点像自助餐。但在露天，在这种环境中，多少有点浪漫氛围的。

吃到一半，有人来通知，说那边有演出。过去一看，有一男一女两个吉卜赛青年在跳肚皮舞，那女的典型的吉卜赛女郎的相貌，那男的胖胖的、黑黑的，但一旦舞起来，进入角色，那妩媚劲，一点不亚于女的。两人很是卖劲，又跳又舞又唱，节目一个接一个，现场的气氛一下子被带动了起来。后来，墨西哥、阿根廷等几个国家的诗人也跳上了，唱上了，还给卡汉博士赠送了墨西哥草帽，并且还有抽奖，抽到的奖励墨西哥小礼物，大家玩得不亦乐乎，直到深夜 12 点才散去。回到宾馆已 1:30 了。

## 2012年9月8日　星期六，天气晴

5:05 开始，连着来了 4 个电话，被吵醒，也不知谁打来的。

今天要离开以色列了，昨晚回到宾馆就把行李整理好了，一拉杆箱加一包东西。

车早到了，我们中国诗人代表团都上了车，一点人头，独缺来自青海省撒拉族的阿尔丁夫·翼人，这是个极有个性的诗人，不吃猪肉等，只吃些蔬菜，在我们看来，这趟以色列之行，他很受罪，不知他怎么想。

好不容易找到翼人，8:45 开车，往加利利湖景区进发。

沿路看到不少大烟囱与高大的建筑，我在电厂干过，一看就知道是发电厂大烟囱与冷水塔。一打听，以色列用电的百分之六十是这儿的发电厂供应的，战略位置极为重要。

先去了一个小镇，属于旅游小镇，水果很多，特多石榴，鲜红鲜红的，一摞一摞地摆放着，煞是抢眼好看，以色列人喜欢

榨石榴汁喝。这镇各国游客很多，不少带着头巾的阿拉伯人，别
是一景。山东的王桂林买了阿拉伯头巾，我觉得有趣就戴着头巾
拍了照。但在进一个教堂时，王桂林被拦住了，因为戴着阿拉伯
头巾被认为是犹太教的异教徒，拒绝入内。

卡汉与杨允达在一个颇现代化的教堂的宣讲厅宣布中国的
诗人伊甸与以色列、拉美的两位诗人获第三十二届世界诗人大
会诗歌创作奖。伊甸获奖，实至名归，我很欣慰。我与伊甸、以
色列的卡汉、法国的杨允达一起合了影。

这之后，就去加利利湖，阿拉伯人称之为"太巴列湖"，犹
太人则称它为"肯纳瑞特湖"。按字面意思解释是竖瑟，可能因
湖形酷似竖瑟吧。加利利湖吸引游客原因之一是风景，更吸引各
国各地游客的恐怕与耶稣有关，与基督教有关。这里素有耶稣
"第二故乡"之称，还有众多的宗教故事都发生在这一带，相传
耶稣曾在湖边招揽门徒、传经送教、医病驱鬼、广施神迹，如在
湖面上行走等等，这在《圣经》里都有记载。

湖边有个教堂，有人说是圣彼得教堂。彼得是耶稣重要的
门徒，彼得也叫西蒙彼得，西蒙是他的名，彼得是耶稣给他取的
绰号，是石头的意思。可能这个原因吧，有一块硕大的石头被砌
在教堂内，上有铜牌，有铭文，可惜不知确切典故，但见不少游
客在此拍照，拍照的游客都会去摸一摸那块大石头，已摸得颜色
都变了。教堂外有站立的圣母铜雕，向前平伸左手，有位男孩跪
在圣母前，把手伸向圣母，因没有导游讲解，也没有弄清楚什么
寓意。

站在圣彼得教堂外就能眺望加利利湖，它比太湖小，以我
的审美，景色一般，也可能我去过的地方多，美景看多了，有了
比较，才有此说法，绝对不是成心亵渎。我第一个来到湖边，发
现有位穿裙子的中年妇女赤着脚站在水里，打着伞，低着头，在

祷告着，一派虔诚。

因时间关系，我们只能再看一个景点，就是耶稣受洗处。

停车处不远，有一片类似棕榈的林园，走近一看，发现奇特之处，这树上密密匝匝地结满了果实，真可以用硕果累累来形容之。那果实红红的、长圆形的，像枣子状，啥果子，没见过呀。一问，还真是枣子，叫椰枣，其又名波斯枣、番枣、伊拉克枣。五六十岁以上的中国人很多听说过伊拉克蜜枣，上世纪六七十年代时，一度中国的商店里都有出售伊拉克蜜枣，看来就是这树这枣。我有个初中同学，因爱吃这玩意儿，还被起了个外号叫"伊拉克蜜枣"。我想起来了，椰枣被称为"沙漠面包"。我看到有不少游客在摘了品尝，我也摘了一颗，试试口感，有些涩味的甜津津。估计要经过加工处理才能食用，不像我国的冬枣等，生吃就味道好极了。我是第一次见椰枣树，树形外观极似棕榈，果实却像葡萄般成串成串的，真是增长知识。在椰枣树下拍照很过瘾，我用手托举着那一大串的椰枣，感觉很是奇妙。这照片带回中国，又有几人能猜得到是椰枣树呢？

出椰枣林，就去耶稣受洗处，门口一长溜的墙上全是宗教语录，英文的、法文的、德文的、西班牙文的、希伯来文的，让我意外的是我看到了中文的，是从《马可福音》摘录的，告诉游客：约翰为耶稣在约旦河里完成了受洗。

进耶稣受洗处，先要经过一个购物的商铺，有不少旅游纪念品。今天就要离开以色列了，兑换的以色列币不用掉，回去就只有收藏的份了，所以又一轮购物开始了。我口袋里谢克尔所剩不多，就买了几块以色列小石头，五颜六色的，形状不一，但煞是好看，可以做挂件。我选购了三块，算是给老婆、儿媳买个小礼品。

梅尔等几个女的，一看琳琅满目的东西，又吊起了她们购物的欲望，无形中又陷了进去，没有半小时、一小时估计走不出这商铺。我看景的兴趣远大于购物，就径直去了耶稣受洗处。

这儿是加利利湖与约旦河的交汇处，河面不算很阔，河水也很平静，缓缓流淌，有宽宽的台阶可以下到河里，相传是约翰在这里为耶稣受洗，划定的一块特定区域。水很浅，又装上了铁栏杆，可防止出意外危险。有犹太教信徒去租借一件白色的，专门用于受洗的衣服，这衣服很宽大，中袖，穿在身上，一直遮盖到膝盖以下，租借一下，5美元，而买一件，贵得离谱。我们不是教徒，下河感受一下就可以了，同去的其他国家的有几位租借了受洗衣服，那白色的衣服前胸印有耶稣的头像。我们下到河里，站在那儿不一会就觉得脚脖子痒痒的，低头一看，无数的小鱼对着水中的脚啄呀啄的，这在我们国内的温泉就是所谓的鱼疗，但在这儿完全是纯天然的。有些胆子大的，游泳技术好的，就不管禁区不禁区，在河中心畅游着，优哉游哉。

我们因为还要赶到机场，不能逗留时间太长，拍了几张照片后就匆匆出来上车。一点数，少了梅尔，电话也打不通，伊甸与我就回过去找她。哪想到她的一只包不见了，她也说不清到底在哪儿丢的。我估计她在买东西时，放在柜台上没有拿，但等她去找时，已不见了。还好是一只放遮阳帽、放披巾的布包，不是那只放皮夹子、放护照的LV的包，算万幸，权当破财消灾吧。

在去机场的路上，基本上都是我们中国的诗人了，相聚了六七天也熟了，就学学拉美诗人，也唱唱说说热闹一下。青海的翼人唱起了撒拉族人的歌，沧桑而有穿透力，蒙古族的唱起了草原上特有的呼麦，悠扬而低沉，甘肃的西可讲起了笑话，最活跃的是四川的周道模……

我是第一次与诗人为伍，出国参加文学活动，也算是难得。俗话说"百年修得同船渡，千年修得共枕眠"，我想说：我们大概有 800 年的缘分，方修得同机同队以色列行，但很快机场到了，我就把这话压在了舌根底下。

进机场后，安检很复杂，那安检行李的机器比我国内看到的任何一个城市的都庞大，再大件的也进得去。我不想托运行李，两个包随身带，就没有经机器安检，但都开包检查了。那三件七烛台，安检的再三盘问是自己买的还是朋友送的，好在都是我自己买的，如果是朋友送的就比较麻烦，大概怕是特制的炸药吧。谁知换登机牌时，机场人员再次要开包检查，我说我检查过了，他说小包只能带 7.5 公斤，我的拉杆包放了书，有 11.5 公斤，超重了。我只好把各国诗人送的几本诗集拿出几本，让梅尔她们帮我随身带几本，估计不超重了，我把拉杆箱放上去称一下，果然不超重了，可那机场人员一按开关，我拉杆箱就进去了，成了托运的行李。剩下的另一件小件的行李，他非要我去过一次安检，否则不让进，我只好拖了会英语的周道模再次去安检处，又折腾了一回，才平安进候机大厅。荷兰的池莲子一直目送我们全部进去才离开，依依不舍，眼泪都下来了。她的航班在半夜，在机场还要逗留几小时呢。

奇怪的是人过安检门时比我们国内松得多简单得多，也没有全身检查，很顺利就进去了。以色列时间 23 点起飞。我仍与北塔同座。

拜拜了，以色列！应该讲，开阔眼界，收获不小。以色列之行，值！或者说不虚此行！

附录：

# 写日记是个好习惯

习惯都是久而久之养成的，好习惯与坏习惯都一样。

我写日记始于小学三年级，大约上世纪 60 年代初吧。屈指算来，我记日记已有 40 多年的历史了。因为天天写，慢慢地，每日记日记也就自然而然成了习惯，成了生活的一个组成部分。记得 70 年代、80 年代时，我是每晚临睡前记日记。若哪天上床前忘了记日记，我会睡不踏实，总觉还有哪件事没做，第二天必要补上。不过，忘记日记的日子很少，除非忙得昏头昏脑，忙得实在没时间顾及。

到了 90 年代，进出的信件多了，来往的朋友多了，参加的活动多了，要记的内容杂了、多了，放晚上记难免会漏掉啥，或记不清记不全，我干脆把日记本放在办公桌上。信要寄出时，先记一下给谁的信，再寄发；收到信，也记一下是谁谁谁来的。如果外出参加活动，我就把日记带在身边，随时记。所见所闻都一一记上，回到家，一翻一整理一加工，一篇篇随笔散文就出来了。譬如我 2002 年 5 月份去台湾访问了 10 天，回来后我写了《亲眼目睹台独大游行》《干旱中的台湾》《台湾槟榔女》等 31 篇稿子。8 月份时去菲律宾参加第四届世界华文微型小说研讨会，逗留 5 天时间，回来后写了好几篇散文稿。11 月底应美国柏克莱加州大学邀请，去旧金山参加"世界华文文学国际学术研讨会"，也仅逗留 6 天时间，回来后写了 26 篇游记作品。我之所以每到一处后，总能写出一批游记散文来，实在要归功于日记。好多素材当时记了就留下了，日后可派上用场，若当时未记，转身可能就忘了，甚至再也记不起来了。即便日后朦朦胧胧有点记忆，总不是原话原景。一句话，回忆不是很靠得住的，好记性总不如烂笔头。

还有，我参加过多次海内海外的国际学术研讨会，在这种会议上，往往是秀才人情一本书，彼此赠书是常见礼节。若当时不记，后来就不知这些集子到底送给了谁，还常常会闹重复送书的笑话。所以我日记带在手边，边送边记，清清楚楚。

我的日记是属于流水账式那一类。文字不多，内容不少。近乎备忘录似的，一年来我做了哪些事一目了然。例如每到年底，各级作协和有关方面总要我报创作成果，要编简报，写总结，如果没有日记，我哪记得住那些内容？现在有日记这本账，稍稍花点时间翻一翻，全有了，还准确，不会时间、地点搞错搞混。

年底时，我写过《某某年我家的十大新闻》《某某年个人盘点》，靠回忆就很伤脑筋，想半天想不全，靠日记，事半功倍。记得我写《2002年个人盘点》时，有意想借此统计一下我全年到底做了哪些事，进出了多少信，我花了一天时间，把365天的日记梳理了一遍，结果得出数据如下：日记字数不连标点符号实打实的大约五六万字，创作文学作品265篇，约45万多字，发表作品290多篇（包括选载转载），外出参加各类活动20多次，进出信件2500多封，其中收1900多封，寄1600多封。如果没有日记，我怎么能对自己一年来做的事如此清清楚楚呢？

写到这儿，我还想起了另外一件小事，常有读者寄钱来邮购我的集子，有次，有读者来信说没收到我集子，我一查日记，回信告知：哪一日哪一天寄出的。果然，后来收到了，是被收发的放抽斗里了。还有次，有个编辑来电话说：约你的稿，我们等着排版的，怎么忘了？我一查日记，报出几月几日寄的，叫他在编辑部查，终于查到了，夹在了报纸里。

当然，这些或许都是微不足道的。就日记而言，如果所记内容涉及名人或较为重大、鲜为人知的事，说不定过了若干年，就有史料价值呢。所以，我应邀去学校讲课时，常鼓励学生养成写日记的好习惯。这对提高自己的写作水平，培养自己的韧性，做事有始有终等等都有好处。

原载《日记闲话》（人民日报出版社 2012 年 1 月版）

# 日记，我坚持了五十年

我记日记从三年级开始，大概 11 岁那年，一晃有半个世纪了。

印象中，我读小学那会，三年级开始有了作文，语文老师要求我们记周记，即每到周末，把一周看到的、听到的，经历的最重要的事与人记下来。对一个三年级的学生来说，识字还不多，生活就更简单了，加之是老师要写，不是自己要写，往往觉得没啥好记的，也就三言两语简单记之。

我呢，从小喜欢文字。老师叫写周记，我就记日记。那时买不起日记本，就用练习本记。先写几月几日，再写星期几，再写天气或晴或阴或雨。至于记的内容，无非是学校里老师、同学做的，说的，上学、放学途中看到的，听到的，再就是家里的事，弄堂里的事。我在儿时，乃弄堂里出名的"皮小囡""孩儿王"，所以胡天野地瞎玩的事很多，也会记几笔。反正多数是自己看的，也不怕别人看了说三道四。也从没有想到要通过日记美化自己，拔高自己。

刚开始的时候，常常因贪玩，就忘了写日记，多次进了被窝才想起，如果是夏天，爬起来补记一下，假如冬天，就懒得起来了，一般第二天补写几句。

再后来，如果到睡觉时，还没有记日记，我在潜意识里会感觉有什么事没有做，会睡不着，必须爬起来补写了才定心。几年下来就养成了习惯。

我的日记，基本上以流水账为主，今天去了哪儿，看了什么书，做了什么事，见了什么人，间或也会记一些我们小镇上大家一致关心、谈论的人与事，或者记若干全国层面上的人与事，偶尔也会记一些自己的所思所想，以及对国家大事的看法。

由于坚持记日记，笔，天天用，我拿起笔不感觉重，落下笔不感觉滞。老话说"拳不离手，曲不离口"，确为经验之谈。可能我比大部分同学写得多，他们周记，我日记，因此我不怕写。三年级第二学期，我的一篇作文《我长大了干什么？》获了太仓县城厢镇中心小学全校作文比赛一等奖。我曾写过一篇文章《人是表扬出来的》，再大牌的作家、明星，也需要别人的肯定、表扬，更何况小学生？获了一等奖的我，对作文的兴致陡增，日记也就写得更勤了。到五年级时，我参加了全县小学生作文比赛，我以一篇《祭扫烈士墓》，获得了全县小学生作文比赛第二名，那时也没有奖金，也没有什么奖品，就一张盖着大印的奖状。这次获奖对我激励很大，老师郑重地表扬了我，说我为学校增了光。我在日记里记了很多，把获奖心情、老师的表扬、父母的满意、同学的羡慕、邻居的夸奖等等都记了进去，还大言不惭地表态：要写出更多更好的作文，力争当个小作家！

中学的时候，我参加了学校的课外兴趣小组，我参加的是写作兴趣小组，每周活动一次。每次活动后，我都会记入日记，因为每次都有收获。

到初二时，也即 1966 年时，抄家之风、批斗之风等也蔓延到我居住的那小县城，光我们一条短短的长埭弄，就抄了五六家。我家斜对门的陆家，抄出了有张特大毛主席像一裁二，立马就游街，还抄出了日记，当即就被包了拿走，说要好好查查有否反动言论。陆家一家大小一个个吓得魂飞魄散，我们邻居也看得心惊肉跳。父亲知道我写日记，很严肃地对我说："日记是最危险的东西，赶快烧掉！免得惹些麻烦。"

我父亲 1949 年前在银行工作的，成分是职员，学校发展红卫兵时，我被斥为"伪职员"出身，我虽不算黑七类，但与所谓"根正苗红"的红五类距离远着呢，说不定哪天就来抄家了，如果因为我的日记连累了这个家，那如何是好？狠狠心，咬咬牙，一跺脚，一扬手，我的那几本日记全进了火堆，化作了黑蝴蝶，飘舞在了空中。

这样，我的日记停写了一段时间，但多年来养成了习惯，不写心痒痒，手痒痒。终于，我又写起了日记，但从那后，我的日记拿出去发表也没有关系，因为那些小资的、不健康的、内心的、私密的，都被我过滤了，只存在我心里，不留在日记里。我想，与我同样喜欢日记的，差不多也会像我一样，因为这是一种自我保护，只有经过那种荒唐岁月的 50 后、60 后的才会有切身体会，说给如今的 90 后、00 后听，他们以为天方夜谭呢。

我能够欣慰的是我的日记，都是真实的，尽管有许多人与事、许多想法不会如实记进去，但至少我的日记从来不掺假，与黄帅日记不一样。

1970 年，我被命运抛到了微山湖畔的煤矿摔打青春，一去就是 20 年，但我依然坚持记日记。最有意思的是《地震日记》，上世纪 70 年代中期，有次闹地震，住临时搭建的防震棚，我就把住防震棚那段时间每天发生的事，形形色色人之心态、言行，一一记录在案，过了三四十年再来翻看，恍如隔世，极有意思，是写地震小说的第一手资料。

记得 2007 年春节前，收到《日记报》的约稿，说要编一本《半月日志》，即把 2006 年 12 月 16 日至 31 日的日记整理出来后交给他们，原来《日记报》约了国内多位有写日记习惯的文化名人，准备出版一本《半月日志》，看看这些文化人在年底的这半个月中都在干什么。年底时，无疑是最忙碌的半个月，现在，回头看这个创意很有价值，留下了一份难得而珍贵的史料。

上个月，我应泰国留学中国大学校友会总会文艺写作学会的邀请，去泰国讲课，在泰国逗留了六天。回来后，有朋友希望我发表泰国日记，我就根据日记，整理出一万多字的《泰国六日日记》。泰国的文友说：你的日记为泰国留下了诸多文字，过若干年后就是泰国华文文坛的史料，现在，这《泰国六日日记》正在泰国的华文报纸上连载。

前不久，《日记报》的主编来约稿，希望我出版自己的《日记》，我查了一下，存电子版的日记有《赴文莱日记》《福建日记》《博客日记》等，如果全部整理出来，出几本都够，但还是算了吧，一是没有时间整理，二是大部分日记是很私密的，很琐碎的，以后再说吧。

日记，已伴随着我整五十年了，我对日记极有感情，日记也锻炼了我的文笔，我走到今天这一步，其中也有日记的功劳。

原载《中学生阅读》2012 年 12 期

# 本色文丛

　　本色文丛是我社策划的系列图书，持续组稿编辑出版。丛书力图给喜欢品味散文随笔、全民阅读与图书文化、名人日记与学术札记、海外文化的人士，提供良书与逸品。

## 本色文丛·图书文化

| | | |
|---|---|---|
| 《书香，也醉人》 | 朱永新著 | 29.00元 |
| 《纸老，书未黄》 | 徐　雁著 | 29.00元 |
| 《近楼，书更香》 | 彭国梁著 | 29.00元 |
| 《书香，少年时》 | 孙卫卫著 | 29.00元 |
| 《阅读，与经典同行》 | 王余光著 | 29.00元 |
| 《域外，好书谭》 | 郭英剑著 | 29.00元 |
| 《谈笑有鸿儒》 | 刘申宁著 | 29.00元 |
| 《斯文在兹》 | 吴　晞著 | 32.00元 |

## 本色文丛·散文随笔（柳鸣九主编）

| 《神圣的沉静》 | 刘心武著 | 30.00元 |
| 《纸上风雅》 | 李国文著 | 30.00元 |
| 《母亲的针线活》 | 何西来著 | 28.00元 |
| 《坐看云起时》 | 邵燕祥著 | 28.00元 |
| 《花之语》 | 肖复兴著 | 30.00元 |
| 《花朝月夕》 | 谢　冕著 | 28.00元 |
| 《无用是本心》 | 潘向黎著 | 28.00元 |

## 本色文丛·日记（于晓明主编）

| 《读博日记》 | 张洪兴著 | 31.00元 |
| 《问学日记》 | 王先霈著 | 26.00元 |
| 《文坛风云录》 | 胡世宗著 | 29.00元 |
| 《原本是书生》 | 于晓明著 | 32.00元 |
| 《紫骝斋日记》 | 马　斯著 | 31.00元 |
| 《梦里潮音》 | 鲁枢元著 | 31.00元 |
| 《行旅纪闻》 | 凌鼎年著 | 35.00元 |
| 《微阅读》 | 朱晓剑著 | 35.00元 |